ラルーナ文庫

ひとつ屋根の下、きみと幸せビストロごはん

淡路 水

三交社

CONTENTS

Illustration

白崎小夜

ひとつ屋根の下、きみと幸せビストロごはん

本作品はフィクションです。
実際の人物・団体・事件などにはいっさい関係ありません。

1. 豆柴とあつあつオニオングラタンスープ

御子柴芽《みこしばめぐむ》はとぼとぼと銀座界隈《ぎんざかいわい》を歩いていた。

銀座といっても、中央《ちゅうおう》通りの華やかなショーウインドウのあるビルが立ち並ぶ界隈ではない。中央通りを外れ、昭和《しょうわ》通りを隔てると、ずっと庶民的な風景になる。

もちろんたくさんのビルはあって、コンクリートジャングル、と言っても過言ではないくらいそれらはひしめき合っているが、通り過ぎる人たちはサラリーマンだったり運送会社の配達員だったりで、着飾って買い物を楽しもうという人はほとんどいない。

小さな活版印刷会社や、小さな飲食店、個人経営の弁当屋にクリーニング店などがビルとビルの合間に挟まれるようにあり、また路地裏を覗《のぞ》くと町屋風の佇《たたず》まいの建物もあって、静かで落ち着いた街並みはどこか芽の気持ちをホッとさせた。

北海道から上京して一週間、都内のあちこちを歩き回ったが、ここが一番気持ちが落ち着く。映像を早回ししているような忙《せわ》しなさもなく、耳に不用意に飛び込んでくるような騒音もなく、どこかゆったりとした時間が流れているような気にすらなる。

「銀座からちょっと歩いただけなのに」

銀座四丁目の交差点から晴海《はるみ》通りを築地《つきじ》方面に向かい、昭和通りを越えて歌舞伎《かぶき》座の裏手へ数分足を進めただけだ。

打って変わって静かになった通りをゆっくりと歩き、きょろきょろとあたりを見回す。

「木挽町《こびきちょう》……?」

視線の先にあるあちこちのビルや店舗の名称に《木挽町》とあるものが多い。とはいえ、電柱に掲げられている住居表示は銀座であり、銀座なのに木挽町とは、と不思議に思いながら首を傾《かし》げた。

だが芽としては銀座というきらびやかな名前より、木挽町という響きになんとなく親近感を覚える。この風情のある界隈は銀座よりも木挽町という名前のほうがふさわしいような気がするし……などとぼんやり歩いていると、路地裏から猫が飛び出してきて、「わっ」と思わず声を上げた。

「びっくりした……」

いけない、いけない。ぼんやり歩いている場合ではない。というのも、芽の目的は銀座観光などではないからだ。

「違う、違うって。探さなくちゃ」

そう独りごち、目を皿のようにして再びあたりを見回す。

芽はとあるビルを探していた。銀座サンシャインビル、という名前のビルだ。けれどさっきから目をこらして歩いているのに、そんな名前のビルは見つからない。

スマホの地図アプリにもそのビルの名前は表示されないし、だから住所を打ち込んで歩き回っているのだが——アプリが示した場所には銀座サンシャインビル、などという建物はなく、代わりに内科医院の看板を掲げた古めかしい建物があるだけだった。

「……はあ」

芽は大きく溜息《ためいき》をついた。

該当の住所のすべてのビルにいちいち立ち寄って名称を確認しているが、やはり目当てのビルはない。もしかして住所が間違っているのかも……と、この近所じゅうのビルに立ち寄ってみたが、徒労に終わってしまった。

「やっぱり……ない……」

がっくりと項垂《うなだ》れる。見つからないとなると一気に疲れが押し寄せた。あげく、お腹が盛大にぐーっ、と大きな音を立てて鳴っている。

それもそのはずで、昨日からなにも食べていない。今朝《けさ》も宿泊していたカプセルホテルでサービスのコーヒーと水を飲んだきりだ。

「お腹空《す》いたなあ……」

はあ、と再び溜息をついて、ポケットの中から財布を取り出す。財布の中身は見なくてもわかっているが、もしかしたら百円くらい増えているかもしれない。……そんなことあるわけないけれども。

何度見ても百円どころか一円だって増えていない。千円札が二枚と小銭が少し。あとは昨日ICカードに少しチャージしたから、電子マネーがほんの少しだけ使えるものの、それだけしか所持金はない。今日の分の交通費の心配はないが、使えるお金がごく僅《わず》かだから、節約のためにホテルからここまで歩いてきたほど。

ぐう、ぐう、と立て続けに鳴るお腹の音にコンビニでおにぎりでも買おうか、と思ったときだった。

ふと、芽の鼻がいい匂《にお》いをとらえる。

「…………?」

スープだとかお肉を焼く匂いだとか、そういうものが混ざった——そう、〝おいしい〟匂いだ。芽の足はふらふらとその匂いのするほうへと向く。なんといっても腹が減っている。せめて匂いだけでもお腹いっぱいになりたい。

匂いの元は……小さなビストロのようだった。

白い壁に赤ワイン色の深紅のテント。ドアの色も赤ワインの色でとても可愛《かわい》らしいおしゃれな店だ。深い赤い色が街並みに馴染《なじ》んでいるのにパッと目を惹《ひ》いて、芽の視線はその店に釘付《くぎづ》けになった。

店先には黒板が立てかけられていて、ランチメニューが書かれている。

ハンバーグランチ、そして日替わりランチは鶏のコンフィ。どちらもスープとコーヒー付きでぽっきり千円。しかも税込み。ライスとパンも選べるとある。

芽の喉《のど》がごくりと鳴った。

まだ一週間ほどしか東京には滞在していないが、銀座界隈の平日ランチは意外にお手頃価格のところが多い。千円札一枚で食べられる店が結構ある。

もちろんピンキリだとは思うがメインの中央通りを外れると、気安く入れそうな店が並んでいて、驚いたことがあった。

千円札一枚が高いか安いかというと、よそに行けば確かにもっと安いランチもあるだろうけれど、なにしろここは銀座だ。芽の抱いていたイメージはセレブでゴージャス、だったから最低でも三千円、いや、五千円、と思い込んでいた。でも実際は千円札が一枚ですむのだから。

目の前の店も、とてもおしゃれで、高そうだ。なのに黒板には千円とある。本当に千円なら芽にだって払える金額だ。黒板に書いてあるコンフィなんて料理はわからないが、ハンバーグという文字にはとても惹かれた。

チェーン店のハンバーガーはともかく、ちゃんとしたお店のハンバーグなどそういえばしばらく食べていない。

それにこのおいしそうな匂いときたら。

匂いだけで想像力を膨らませてなんとか空腹をしのごうかと思っていたが、さっきから口の中に唾液《だえき》が溜《た》まってきている。

でも、と芽はふるふると首を横に振った。

財布の中身を考えろ、と自分に言い聞かせる。貴重な千円札。二枚しかない千円札。これを今一枚使ってしまうのは……と、芽は葛藤《かっとう》した。

というのも、芽の上京の理由は職探しと住居探し。

だが、一週間頑張って探してみたが、いまだに仕事も見つからなければ、住む場所も見つかっていない。

住む場所がなければ履歴書にも書けないし、職に就いていなければ不動産屋でも断られる。この一週間、足を棒にして仕事も住まいも探したものの、いくら東京とはいえ、北海道から身ひとつで出てきて住むところもない芽を軽率に採用してくれるわけもなかった。

なぜ東京で職探しか、というと事情があった。芽は東京にいる恋人に会いにきたのだ。遠距離恋愛、ということになるのだろうか。

芽の恋人の隼人《はやと》は東京で会社を経営しており、事業を広げるために北海道へやってきて、そうして芽と出会った。

彼は芽にとって特別の人である。

なにしろ芽のはじめてのお客様だったから。

芽は百貨店の社員だった。だった、と過去形なのは半月ほど前に退職したからだ。だから職を探しているわけだが、ひとまずその話は置いておく。

芽は去年大学を卒業し、けっして大手ではないが地元では絶大なシェアを誇る百貨店に入社した。もともとが人見知り気味の上どちらかというと気が弱い。強気に出られない性格だから、配属は販売ではないところを希望したのだが、そもそも百貨店というところは人に物を売る場所である。よって、新人研修から徹底的に接客を叩《たた》き込まれる。

おまけに研修後の配属先が紳士服売り場。初っぱなから紳士服売り場の花形ともいうべきオーダースーツの部署へと配属された。しかも百貨店オリジナルブランドの。また、そのオリジナルブランドは老舗《しにせ》テーラーが監修しており、社内でもかなり力を入れているものだった。だが、そんな華やかな場所で芽は落ちこぼれだったのである。

採寸の仕方から顧客管理まで覚えるべきことは山ほどあり、また、なんといってもコミュニケーションが必要なところだ。信頼関係がなければ採寸もさせてもらえない。

向いていないと自覚しつつ、それでもなんとか努力してみたものの、会話がないため新規の客を獲得するどころかお得意様からのクレームは増える一方。とうとう接客すらろくにさせてもらえなくなり、バックヤードに詰めてばかり。上司からも先輩からも同僚からも疎ましがられる日々だった。

一年経っても状況は変わらず、フロアでは周囲に無視をされるようになり、いよいよ身の置きどころがなくなって退職も考えはじめたとき、隼人が芽のいるエリアにやってきて、スーツを見立てて欲しいと言う。ちょうどそのとき、他の社員は接客に忙しく、対応できるのは芽しかいなかった。

隼人はスタイリッシュなスーツとイタリア製とおぼしき革靴で現れ、またその整った容姿に、フロアにいた数少ない女性の目が釘付けになっていた。

彼は都内で小さな商社を経営していると言い、取引の関係で北海道にやってきたらしい。話術の巧みな彼は、緊張しきっている芽にもやさしく接してくれた。

「北海道はまだまだビジネスチャンスが転がっているからね」

採寸の合間の世間話で彼は将来のビジョンを芽に語る。すぐにでも拠点を札幌に移すことを視野に入れていると口にした。

東京に帰っている暇がないから着替えがなくなって、と数着の既製品だけでなく、イージーオーダーでの注文もし、羽振りのいいところを見せた。

隼人は芽のぎこちない接客にも真摯《しんし》に応《こた》え、「今度はフルオーダーでお願いしたいな。次回もぜひきみにお願いするよ」とにっこりと笑う。そんな隼人に応えたいと芽も必死になって彼のために頑張った。もちろん、客が乗り気であれば上司も芽に冷たく当たる必要はない。しかもぜひ芽からと言う。下手な嫌がらせなどしたら、客が購入を渋る可能性があるため、売り上げ成績のためにも芽をバックアップしてくれた。

隼人はスーツだけでなく、オーダーシャツも、ネクタイなどの様々な小物もすべてポンとキャッシュで購入する。そのときのあの喜びは今でも忘れられない。

はじめて自分がまともに採寸したスーツをこんなすてきな人が着てくれる、そう思うだけで芽は幸せだった。

おまけに、隼人との付き合いはそのとき限り、ではなかった。

できあがったスーツを引き取りにきた彼は「約束だからね」と今度はフルオーダーでスーツを仕立ててくれた。それだけではない。

お礼だと言って食事に誘ってくれたのだ。それ以降、プライベートで誘われるようになり、そしてはじめて会ってから一ヶ月経ったとき彼は芽に愛してると囁《ささや》いた。

かっこいい隼人に口説かれて、芽もはじめは戸惑ったが、同性同士でもまったく嫌悪感はなく、ただただ彼との逢瀬《おうせ》を待ち望むようになり……いつの間にか恋に落ちていた。

身体《からだ》の関係こそなかったけれど、恋人として付き合うように。

——だが、三ヶ月が経ったとき、彼と急に連絡が取れなくなってしまった。

百貨店にはお得意様向けの招待販売会がある。その販売会での客の購入金額がそのまま担当販売員の成績になる。自分が招待状を渡した客がその販売会で買えば買うほど、販売員のステータスが上がるのである。招待には一定額の購入実績が必要で、要するに金持ち向けの高額商品の販売会だ。特にホテルの宴会場にて行われる半期に一度の特別販売会は、その期の売り上げが左右されるほど百貨店にとっては大事な販売会だった。

その特別販売会に芽は隼人を招待した。実は隼人の購入実績は販売会へ招待するには全然足りなかったのだが、彼が興味を示したこともあり、上司に頼み込んで招待状を用意した。しかし、その販売会の後、隼人は姿を消してしまう。

電話には出ることもなく、メッセージアプリのメッセージには既読もつかない。

もちろん、芽は隼人を探した。彼の宿泊先、彼がオフィスにするために契約を決めたというテナントや不動産屋、すべてに足を運んだが彼の姿はない。芽の前から姿を消し……

いまだに連絡もなかった。

悪いことは重なるもので、同僚が販売会の際に大きなミスをし、損失を出したのだが、それを芽のせいにされたのだ。あらぬ濡《ぬ》れ衣《ぎぬ》を着せられ、芽はもちろん自分ではないと反論した。だが、隼人がいなくなって動揺していたこともある。またもともと強く言えるタイプではない。結局反論しきれず、辞職に追い込まれることになったのだった。

仕事が向いていなかったからと自分を慰めたものの、やはり仕事を失ったショックはある。おまけに恋人の行方もわからなくなってしまい失意のどん底に落とされた。

けれど、退職したことで時間はできたため、だったらと恋人を捜すために上京することにしたのである。

ただ自己都合の退職ということで、失業手当は三ヶ月後でなければ出ない。

おまけに勇気を振り絞って上京したはいいが、彼が教えてくれた自宅の住所には彼の住まいは見つからない。そしてこうして名刺を頼りに会社を探しにきたが、どこにも彼の会社は見つからないというわけだった。

いっそ東京で仕事を探してじっくり探そうかと思い、今日は朝から飯田橋《いいだばし》のハローワークを訪ねてみたが、なにがなんだかさっぱりわからない。土地勘というものが皆無でなにをどうしていいのかお手上げだった。その上今の芽は住所もないため連絡先は携帯電話の番号しか書けない。

というのも、それまで住んでいたアパートは会社の借り上げ社宅だったため退職とともに引き払っていたから。

そのためハローワークの職員には「難しいでしょうね」と同情の目を向けられた。ならばと求人雑誌を眺めてみたものの、すぐに金を得られそうなのは胡散臭《うさんくさ》い求人ばかりで、東京という場所に自分は夢を見すぎていた、と絶望していたところだ。

家財などはとりあえずトランクルームに預けていて身軽ではあるが、いずれにしても、ほとんどホームレスと同じ状態。

帰りの飛行機代だけは残してあるから、北海道に戻ることはできなくはないものの、実家――は北海道の田舎も田舎で、戻ったところでたぶん仕事なんか見つからない。芽は母一人子一人の母子家庭で育った。母親は看護師で、女手ひとつで芽を大学までやってくれて――だから就職してたった二年足らずで無職になった自分の惨めな姿を見せて心配させたくはなかった。

だったら、まだこちらにいたほうがいいのか……と迷ったあげく、結局やっぱり先に恋人を捜そうとここまで戻ってきた。

（このままだとホームレス、ってことになっちゃうんだろうなあ……）

このままホームレスになるのか、とぼんやり芽は思う。

いずれ金は尽きる。どれだけ節約したところで数日しか変わらない。だったらもう使ってもいいんじゃないか。いや、でも。と芽の心の中で本能と理性がせめぎ合っている。だが、おいしそうな匂いに勝てないとばかりに、身体は正直に吸い寄せられるようにビストロの入り口へと向かった。

すると、店の窓に貼《は》り紙があるのに気づく。

《アルバイト募集　委細面談》

白い紙にマジックでそれだけが書かれた素っ気ないものだ。

「アルバイト……」

その貼り紙を見て、雇ってもらえないだろうか、という考えがちらりと過《よぎ》る。

時給や待遇などはなにも書かれておらず、委細面談とあるだけだが、ダメでもともとだし聞いてみようか、とそんなことを思っていたときだ。

「いらっしゃいませ」

その声に、芽はハッと我に返った。

自分でも気づかないうちに店のドアを開けていたらしい。

「あ……あの」

どうしよう、と一瞬後悔したが、気の弱い芽には断って店を出るという選択ができない。声をかけられては、間違えた、入るつもりはなかった、とも言えなくなってしまう。

「お一人様、カウンターへどうぞ」

カウンター越しの厨房《ちゅうぼう》から声がして、顔を上げると、まだ若いシェフが忙しなく手を動かしながら芽に声をかける。

これはもう食べるしかないようだ。貴重な千円札が飛んでいくが仕方がない。

「あ……はい」

諦《あきら》めたように返事をしてからカウンター席へ足を向け、おそるおそる席についた。

「ご注文、お決まりでしたらどうぞ」

はっきりした、通る声で聞かれる。

「ハ……ハンバーグランチを……」

ドキドキしながら、芽は口を開く。「ハンバーグですね」と声が返ってきて、カウンターに水とおしぼりが置かれた。

「ライスになさいますか？　それともパンですか？」

「え、えと……ライスで」

かしこまりました、とシェフは返事をするなり、くるりと背を向けた。

シェフが後ろを向くなり芽はすぐさまジーンズのポケットに手を入れ、財布があることを確認する。それでも心配になって、財布を開いて中を見た。

（よかった、支払いだけはできる）

ホッとして、ようやく気持ちが落ち着いたことで水を一口飲み、あたりを見る。

カウンター七席とテーブル席が三つ。

こぢんまりとした店だが、とてもしゃれている。店の外観もそうだが、内装もいい。行ったことはないけれど、まるでパリのビストロにでもいるような。落ち着いたチョコレート色のテーブルと椅子《いす》、またテーブルに置かれている一輪挿しには可愛らしい花が活けられていて、心を穏やかにさせてくれるようだった。

どうやら若いシェフが一人で切り盛りしているらしい。他の従業員の姿は見えない。

若いシェフはとてもかっこよく、カウンター席に座っている常連とおぼしき客と会話を交わしていた。だが、にこりともせずに淡々としており、お世辞にも愛想がいいとは言えない。とはいえ、客のほうはシェフに楽しげに話しかけている。

時間がランチのピークからはずれていたせいか、客はカウンター席には芽の他、シェフと話している年配の男性とそれから芽の隣に座っている和服の女性、それからテーブル席に二人と四人しかいない。

時計を見ると、もう午後の二時になろうとしている。もしかしたらランチが終わる直前に店に入ってしまったのかもしれない。なんだか申し訳ないことをしたかも、と思ったが厨房の中のシェフはやはり淡々と料理を手がけていた。

店内に漂う、おいしい匂いが芽の空腹に拍車をかける。店内に一歩足を踏み入れたときから、お腹が何度も鳴っていて、隣に座っている女性に聞こえやしないかと冷や冷やしていた。

その隣の和服を着た妖艶《ようえん》で美しい女性は骨付きの鶏のもも肉を食べている。

白い皿の上にのった骨付きの鶏はこんがりとしたきつね色をしていて、肉の脇《わき》には色とりどりの野菜が添えられている。

あれがコンフィというものだろうか。ただのもも焼きに見えるけれど、彼女が美しい所作でナイフをすっと滑らせると肉がほろりと崩れるように切れる。まったく力など入っていない様子だ。皮目はパリパリのようだし、お肉はほろほろっとナイフの動きでほどけていく。

あれもすごくおいしそうに見える。

思わず唾《つば》を飲み込むと、ごくりと思いもかけない大きな音が鳴って、またもや隣の女性に聞こえていないかと芽は焦った。

だけど、本当においしそうだ。

先に出されたスープはカップに入っていて、野菜とベーコンのコンソメ仕立て。とてもほっとする味で、空きっ腹に染み渡る。

それを飲みながら、ハンバーグじゃなくて鶏でもよかったかな、と思っていると、「ハンバーグです」と皿が目の前に置かれた。

やっぱり愛想のない声は変わらなかったが、皿の上のハンバーグは今まで見たことがないくらい美しくて、思わず目を丸くする。

焦げ茶色のデミグラスソースの上にふっくらとしてきれいな焦げ目のついたハンバーグがのっている。ハンバーグの上には半熟の目玉焼き。その目玉焼きの黄身は黄金色に輝いている。ナイフで切ったときの蕩《とろ》けた黄身のことを想像するだけで、幸せな気持ちになる。

付け合わせはマッシュポテトと人参のグラッセ。それからブロッコリーといんげん、またクレソンも添えられている。

シンプルにも見えるが、人参の形もブロッコリーの大きさもなにからなにまで美しい。クレソンもみずみずしくて、すべてのバランスが整って完璧《かんぺき》だった。

見ているだけで、口の中に唾液が溜まっていく。

もう一秒たりとも我慢できない、と芽はナイフとフォークを手にして、早速ハンバーグに切れ目を入れた。

　すると刃が入った切れ目から、どんどんと肉汁があふれ出てくる。それを見たとたん、理性はどこかに行ってしまう。我慢できないとばかりに芽は切った一切れを口の中に入れた。嚙《か》むと甘い脂の味と肉の味が口の中に広がる。そこにコクのあるデミグラスソースが絡まりあって、うっとりとなった。

　付け合わせのマッシュポテトはとてもキメが細かく、絹のような舌触りだ。マッシュポテトってこんなにおいしいのか、と芽は驚くばかりだった。

　すべてがあまりにおいしくて、最後の一切れを食べるのが惜しい。ソースも、行儀が悪いけれど最後の最後まで味わいたいと皿を舐《な》めたくなるほどで、食べ終わることが悲しくなる。それがあまりに寂しくて芽は溜息をついた。

「おいしくなかったか」

　そのときカウンター越しにシェフが声をかけてきた。じっと見られて、芽はぎょっとし、背筋をピンと伸ばした。

　しまった、誤解をさせてしまったらしい。

　慌てて何度も首を横に振り、さらに顔の前で手を振ってみせた。

「い、いいえ、おいしすぎて、もったいなくて。最後の一切れを食べ終わったら、もうお別れなんだなって……だからつい寂しくて。……すみません、なんか……」

しゅん、としょげ返りながら言い訳をすると、シェフはプッと噴き出した。

「そうか、光栄だ」

彼に笑いながら言われ、その表情のギャップにどこか安心する。そうしてやっと胸を撫《な》で下ろした。

「本当においしいです。こんなにおいしいハンバーグ、はじめて食べました。噛んだら口の中に肉汁がじゅわっと広がって、天国に召されるかと思ったくらいで。マッシュポテトもこんなに滑らかで……このマッシュポテトなら丼いっぱいでも食べたいくらいです」

どう言葉を尽くしても、この一皿の感想を伝えるのは難しかったが、それでも伝えなくてはと必死になって訴える。シェフは芽のその言葉を聞きながら、はじめ、目をぱちくりさせ、それからくすくすと笑った。

「ますます光栄だ。今度は丼でマッシュポテトを用意しておこうか」

怖そうだと思っていたのに、その笑顔はとてもすてきで、やっぱり最後の一切れを食べるのがもったいなかった。

（これなら……）

思っていたよりも気難しい人ではないらしく、これならアルバイト募集の貼り紙について訊《たず》ねられるような気がした。委細面談、とあるが、どういう条件なのか、と口に出しそうになったところで、はたと気づく。

おいしい料理ですっかり忘れていたが、自分にはその前にやらなくてはいけないことがある。芽にとってはまずは大きな問題について訊ねることにした。

周りを見ると、もう客は芽と隣の和服美女しかいない。夢中になって食べている間に客はいなくなってしまったようだ。だったら訊ねても仕事の邪魔にはならないだろう。

「あの……すみません。ひとつお伺いしたいことがあるんですがいいでしょうか」

意を決して、芽は口を開いた。

「ん？　なんだ？」

シェフは少し眉《まゆ》を寄せ、怪訝《けげん》そうに聞き返した。

芽は自分の鞄《かばん》の中から、一枚の名刺を出し、シェフに差し出した。

「この会社……ご存じありませんか？　住所はこの近くだと思うんですが……」

それは隼人の名刺だった。会社の名前と住所が書いてある。

「人を……捜していて、あの……この名刺の人なんですが。それで……このあたりをずっと探していたんですが、見つからなくて……」

シェフはその名刺を受け取ると、じっとそれを見つめている。が、すぐになぜか微妙な顔をした。

「あ、あの……」

なにも言わないシェフの様子が気になる。どうしたんだろうと思っていると、芽の隣に座っていた和服美女がシェフの手からその名刺をひょいと取り上げ、まじまじと見た。

「やだ、この名刺」

そして嫌な顔をしたかと思うとそう言った。

きょとんとしている芽に美女は「おにいさん」と芽のほうを見る。

「え？　あ、はい」

「――あのね、あんた騙《だま》されてるわよ」

はあ、と大きく溜息をつく。そうして色っぽい溜息の後すぐに、指先で摘《つ》まんだ名刺をひらりと踊らせるように芽に返した。

「え？　ええ!?」

騙されてる、と確かに彼女は口にした。

「あっ、あの、それって……」

おたおたしている芽に今度はシェフが「言いにくいんだが……」と口を開く。だが、その次の言葉がなかなか出てこないようで、妙な間が空いた。

「虎《とら》ちゃん、こういうことははっきり言ってあげなくちゃダメよ。このにいさんのためにもはっきり」

和服美女がきっぱりとした口調で横から口を出す。

「藤尾《ふじお》さん、わかってますよ」

そんな会話が芽の目の前で繰り広げられている。なにがなにやら話が見えない芽には不安しか募らない。

「――きみには酷な話かもしれないが、こんな会社はこの住所にはないし、おそらく会社自体も存在しないと思う。人を捜していると言っていたけど、こんな人は捜してもどこにもいないよ。どういう理由かは知らないが、もしきみがこの人に金でも貸してたんなら、それはたぶん詐欺だ」

「詐欺……」

たぶんじゃなくて百パーセントよ、とシェフが藤尾と呼んだ和服美女が口を挟んだ。

「そう、詐欺よ。あんたで何人目かしらねえ。ねえ、虎ちゃん」

「五人目くらい……だと思うが。だが、うちに訊ねにきたのがそのくらいというだけで、他の店も同じように聞かれていると思うからな。もっといると思うが」

それを聞いて芽は愕然《がくぜん》とする。こうして隼人のことを訊ねたのは芽だけではなかったと

知って、ショックのあまり思考が停止する。

「で、あんたはこの隼人って男にいくら貸したの？　貸したんでしょ？」

唐突に藤尾に聞かれた。

「え……あの……」

芽は狼狽《うろた》えた。ただでさえショックで頭が回らない。それに事情は一切話していないのに、すっかり彼らは芽が金を貸したと思い込んでいる。が——否定はできなかった。なぜなら言うとおりだったからだ。

「名刺片手に、この男を捜してここまで訪ねてきてるってことは、甘い言葉で唆されてほいほいお金貸したんじゃないの？　違う？」

図星を指され、芽は言葉をなくした。

「藤尾さん、そのへんにしておかないと。そうと決まったわけじゃないんだから」

シェフが割って入り、芽に「いきなり悪かった」と謝る。

「あ……いえ……。おっしゃるとおりです……俺……お金貸していて……」

芽がそう言うと、藤尾が「やっぱり」と呆《あき》れたように呟《つぶや》いていた。

「なんでまたそんなことしたわけ」

「その……隼人さんと付き合っていて……」

隼人と付き合っているということを言うと、もしかしたら引かれるかなとは思ったけれど、二人はふうんと聞き流してくれ、芽はほっとした。

「付き合ってどのくらい？」

聞かれて、三ヶ月と答えた。藤尾にさらに身体の関係は？　とか、他におかしなところはなかったの？　とずけずけと根掘り葉掘り聞かれた。

あけすけに話すのも気が引けたが、ここまで話した以上、隠していてもはじまらない。加えてあまりに動揺していたこともあり、芽はこれまでのいきさつを話す。

ここが東京という芽には知らない土地で、また目の前の彼らも芽とはまったく関係のない人たちで……だからよけいに気が楽だったのかもしれない。口が軽くなって、隼人からの出会いのことや職を失っていることもなにもかもを話してしまった。

全部話を聞き終わったところで、藤尾が整った眉を寄せた。

「なるほどねえ。そいつはかなりずるいわね。今どき同性カップルなんて珍しくないけど、それでもやっぱり被害を訴えるとなると躊躇《ちゅうちょ》しちゃうわよ。そいつ絶対あんたが泣き寝入りするタイプと見越してターゲットにしたのね」

ぴしりと指摘される。よけいな先入観なしに的確に言われて、目の前にあった霧が晴れるような気がする。

なにもかも彼女の言うとおりだと芽は思った。こうして冷静で客観的な他人からの言葉で、ようやく芽は自分が騙されていたのだと心の底から理解する。

心のどこかで信じたくない気持ちはあったが、それは間違っていたようだ。

彼女の厳しい言葉は芽の目を覚まし、金を騙し取られたことを現実のものと受け入れた。

「……で、いくら貸したの？」

「たいした額じゃないんです。でも、俺には大金で。五十万くらい……」

へへ、と鼻の頭を掻《か》き、笑ってごまかすように言う。

学生のときからバイトでコツコツ貯めたお金と、就職してからも日々の生活を切り詰めながら貯金してきた金だった。

肝心の金を貸したいきさつは——隼人は置き引きに遭ってしまい手持ちの現金やキャッシュカードを奪われたため、金がないと困っていた。次の日にはオフィスを借りるための手付けを用意しなくてはならないのに、と困り果てていたので芽が用立てたのだ。なけなしの貯金だったが、隼人のためだと思い貸すことにした。

すぐに返すと言っていたのだが、その後隼人からは一切連絡がなくなった。

「無理して笑うな。五十万は大金だ」

「はい……」

わかっている。五十万円あれば、もう少しゆとりを持って次の仕事を探すこともできるだろう。笑うなと言われて、急に張り詰めていた緊張の糸が緩んだのか、目から一粒涙がぼろっとこぼれた。

「わかったら、諦めて帰ることね。……警察に被害届は出したほうがいいわよ。お金は戻らないでしょうけど」

藤尾の言葉に芽は目もとを手の甲で拭《ぬぐ》いながら小さく頷《うなず》いた。

「もしそいつが見つかったら連絡するか？」

シェフの言葉に芽は顔を上げる。

「いけしゃあしゃあと名刺にここらの住所使ってるくらいだし、本人が現れる可能性は高いと思うわよ。連絡くらいはしてあげるけど。そしたら土下座くらいさせなさい」

藤尾の言葉に芽は首を横に振った。

「いえ……騙されてお金を失ったのはショックですけれど、楽しい思いもたくさんしたので……。俺のような人間に初恋も教えてくれたし、忘れることにします」

「お人好しねえ、あんた。だから騙されんのよ」

「いいんです。うすうす騙されたのはわかっていましたけれど、やっぱり心のどこかで信じたい気持ちもあって。もしかしたら、本当になにか事情があったのかもとも思っていましたし」

「そりゃそうよ、好きな相手のことは信じたくなるもんよ。わかるわあ」

しみじみと藤尾は相づちを打つ。シェフは口も開かずにいたが、芽のことを邪険にすることもなく黙って話を聞いてくれている。もうこれだけで十分だ。

お金は失ってしまったけれど、なんとなく心はすっきりとしていた。

「会ってけじめをつけたかっただけだったのかもしれません。それから……今まで楽しい夢を見せてくれてありがとうって、お礼を言いたかった……かな」

「お礼って。どこまでお人好しなのよ、あんた。虎の子までむしり取られたのよ。おまけに今は無職なんでしょ？　どうすんのよこれから」

藤尾の声が震えていた。ぐす、と鼻を啜《すす》る音が聞こえて、芽のために泣いてくれていると思うと心が温かくなる。こうして自分に同情してくれる人もいる、と思うだけでやりきれなさが減るような気がした。

「俺が世間知らずだっただけです。お金は……勉強代だと思うことにします。おっしゃるとおり北海道に帰ることにします……飛行機代だけは残してあるので」

そう言いながら、芽は鞄の中を探った。だが、その交通費を入れておいた封筒が見つからない。財布の中に入れておくと使ってしまいそうだと考え別にしておいたのだが、まったく見当たらなかった。

「どうした？」

「いえ……お金を入れておいた封筒が見つからなくて……」

「見つからない？」

「ええ。鞄に入れておいたんですが……」

「落としたってことはないか？」

「それはないと思います。今朝はちゃんとあったし、一度も鞄は身体から離していませんでしたから……」

「思い出してみろ。電車の中とか、ここに来るまでに立ち寄った場所とか」

シェフに聞かれて芽は今朝からの自分の行動を振り返った。ホテルを出て、ハローワークに行くために飯田橋まで電車に乗って――。

「電車は混んでたか？」

「ええ。中央線でぎゅうぎゅう詰めになっていました。途中で身体の大きな大学生くらいの子たちに取り囲まれたときには潰《つぶ》れるんじゃないかと……」

そこまで言うと、シェフが「それだな」と言った。

「え？」

「スリだ。最近、集団で取り囲んで犯行に及ぶ手口が多いと聞いた。たぶんきみのその封筒はそのときに盗まれたんじゃないかと思う」

確かに不自然に囲まれたような気はしていた。ラッシュに慣れていないせいでこんなものかと思っていたけれど、そうではなかったらしい。どこまで自分はぼんくらなのか。踏んだり蹴《け》ったりだ、と芽はひどく落ち込んだ。とはいえ、すべてこの事態を招いたのは自分が原因なのだから、自業自得と言えばそれまでなのだけれど。

さすがにシェフも藤尾も芽にかける言葉が見つからなかったようで、複雑な表情で芽を見つめている。いたたまれない。

ただの客のつもりが、トラブルメーカーと知って呆れたのかも。

自分でもそう思う、弁解のしようがない、と自己嫌悪に陥りつつ、なにか喋《しゃべ》ったほうがいいかと芽は口を開いた。

「あっ、でも、こちらの食事代をお支払いする分は残っているので」

そう。この店に迷惑をかけることだけはない。他人に迷惑をかけずにすんだことだけはよかった、と芽はほっとする。慌てて財布を取り出そうとするとシェフに制された。

「そんなのはどうでもいい。これからどうするんだ？　金がなければ北海道にも帰れないだろう？　仕事も見つかってないと言うし」

交通費すら失ってしまえば、帰るに帰れない。いよいよホームレスかな、と芽は覚悟する。そのとき店の窓に貼ってあった求人のことを思い出した。

こうなったらなりふり構わず訊ねてみるしかないと芽は勇気を出すことにした。聞くは一時の恥、と言うではないか。野垂れ死ぬかどうかの瀬戸際なのだ、躊躇《ためら》っている場合ではない。

「あの……お店の窓に貼ってあったアルバイト募集って……。こんなふうにご迷惑をかけてしまった上、図々《ずうずう》しいとは思うんですが少しの間だけでも雇っていただくとか……。な、なんでもします。時給も安くて構いません」

シェフの様子を窺《うかが》いながらおそるおそる訊ねてみる。

が、彼の表情はまったく変わらず、芽の話を聞いているのかいないのか、反応がなかった。やっぱり、今日会ったばかりの一文無しの人間を雇おうとする店主などいないだろう。

わかっていたことだけれど、と芽はがっくり肩を落とした。

「……ダメですよね。……いろいろとありがとうございました。変な話を聞かせてしまってすみません。お仕事の邪魔までしてしまって。――ごちそうさまでした」

芽は財布から千円札を抜き取ると、テーブルの上に置いて席を立った。

すると藤尾が「ちょ、ちょっと待ちなさいよ。どうするの？　お金ないんでしょ？」と芽を引き留めるように言う。

「ご心配くださってありがとうございます。大丈夫です。サラ金にでも駆け込めば帰るお金くらいはなんとかなるかもしれないですし。免許証は持っているので……」

「その後はどうするのよ。あんた本当に一文無しになっちゃったのよ。サラ金からずっと借り続けるわけにはいかないじゃない」

「大丈夫です。なんとかしますから。働く場所が見つからなかったのは残念でしたけど、すっきりしたので、またこれから頑張ります」

芽は無理やり笑顔を作った。とはいえこの先仕事が見つかるかどうかもわからない上、当面暮らしていくのも難しいだろう。

借金に借金を重ね……と考えると絶望する。けれど、どうにかするしかないのだ。

「ちょっと、虎ちゃん、ここバイト募集してたんじゃないの？　雇ってくれないか、ってこの子のお願いなに無視してんのよ。あの貼り紙はなんなのよ」

もう、と藤尾が芽に同情してくれたのか、シェフを責めるように言う。

「いや、そうじゃなくて」

シェフが藤尾の言葉を遮るように言い、ちら、と芽へ視線を移す。じっと見つめられ、芽はどきりとする。見れば見るほどかっこよくて、それに比べて自分のあまりの情けなさに泣けてくる。と同時に、シェフにうっとり見とれてしまい、こんな非常時にときめいてしまってバカじゃないのか、とさらに自己嫌悪に陥った。

「そうじゃないってどういうこと」

「別に無視していたわけじゃない。考えてただけだ」

「どういうことよ」

藤尾が食ってかかると、「うちとしては」と彼は切り出した。

「うちも人手は喉から手が出るほど欲しいから今すぐにでも働いてもらいたいが、そんなに給料は出せないんでな。社保もないしバイト程度の給料しか出せない。だから、それで納得してくれるかどうか考えてただけだ」

「――ですって。あんたそれでいい？」

藤尾が芽に振り返って聞く。

「もっ、もちろんですっ」

こくこくと芽は何度も頷いた。

薄給だろうがなんだろうが、今の芽にはシェフのその言葉は神様からのプレゼントのようだ。

「給料が安いのは勘弁してもらいたいが、その代わり食事はなんせ食い物屋だからなんとでもなるし、あとは住むところだが……ここでよけりゃ、というか俺との同居でよければ、部屋は物置にしてるところを片付ければなんとかなる。狭いし住み心地は保証できないが、それでもいいか」

思ってもみなかった申し出だった。棚からぼた餅《もち》とはまさにこのこと。

仕事だけでなく、住まいもいっぺんに決まってしまい、芽は飛び上がって喜ぶ。

「ありがとうございます……！　よろしくお願いします。俺、一生懸命働きますから」

「ま、それでいいならいいが。うちでよけりゃしばらくやってみるか。ダメならいつ辞めたって構わない」

ぶっきらぼうで愛想のない口調だったが、冷たさはまったく感じない。それどころか、見ず知らずの芽にこうして親身になって考えてくれるほど温かい人だ。

「よかったわねえ。頑張んのよ。さっきの名刺の男のことなんかさっさと忘れちまいなさいな」

藤尾もにっこりと笑い、励ますように芽の肩をポンポンと叩く。

「はい。よくしてくださってありがとうございます」

二人に向かって深々と芽は頭を下げた。

シェフは円城一虎《えんじょうかずとら》、という名前だった。藤尾が「虎ちゃん」と呼んでいたのはそういうことか、と芽は納得する。

（一虎で虎ちゃん、なのか）

一虎、だと強面《こわもて》というような印象を受けるが、虎ちゃんというと愛嬌《あいきょう》があるようで一気に親しみやすくなる。

一虎本人は無愛想ではじめは少しとっつきにくい印象はあったが、実際そうではなく、芽のことも心配してくれるいい人だった。この名前とニックネームは、彼の人となりを表しているような気がした。

そして妖艶な和服美女の藤尾は、この店の常連で近所で日舞を教えているという。その道では結構な有名人らしい。芸能人にもお弟子さんがいて、藤尾自身もときどきテレビに出ているという。

「あの人は見た目はああだけどチャキチャキの江戸っ子だから。歯に衣着せぬ物言いはするけど、かなりの人情家でな。困った人は見捨てておけないたちの人だ。ただし、年は聞いちゃだめだぞ」

年のことはともかく、藤尾は一虎が言ったとおり、確かにズケズケ言われはしたけれど、やさしい人だった。

数時間前までは絶望的だったのに運命とはわからない。芽はこのビストロＨＡＮＡの従業員として働くことになったのである。

実は一虎はＨＡＮＡのオーナーではなく、オーナーは別にいるとのことだが今は病気療養中で八王子方面にいるのだという。だが、すべての権限は一虎に与えられているようだ。芽のこともすぐに雇えるから安心しろ、と言われた。

ランチの時間が終了して、いったん店を閉めた一虎は芽を店の二階にある住居部分へと案内した。彼がさっき言っていたが、それほど広くはない。２ＤＫといったところだろうか。簡易キッチンのあるダイニングと二部屋。そのうち一部屋は一虎が使用しており、もう一部屋は物置として使用されていた。けれど、それほど多く荷物が置かれているわけではなく、隅のほうに寄せたら芽一人が寝るくらいのスペースはできるだろう。

「とりあえず今晩は狭いが我慢してくれ。明日片付けるから」

「すみません、なにからなにまで」

「気にするな。それから、こっちがトイレで、こっちが風呂《ふろ》。風呂はこのボタン押すだけで湯が溜まる。好きなときに入れ」

まったくもって至れり尽くせりだ。

「あの、シェフ……」

一虎に声をかけると「一虎でいい」と言われる。シェフと呼ばれるのは苦手らしい。言うとおりに「一虎さん」と言い直した。

「なんだ」

「お世話になります。よろしくお願いします」

ぺこりと芽は頭を下げた。

「堅っ苦しいのは抜きだ。それより、早速働いてもらうが、大丈夫か？」

「はい、大丈夫です。おいしいお昼もいただいたので。あの、本当にハンバーグの代金は」

結局芽が食べたハンバーグランチの代金を一虎は受け取らなかった。賄いだ、と言い張って「しまっておけ」と芽がカウンターテーブルに置いた千円札を突っ返した。

「ハンバーグ代は働いて返してもらうから」

にっこりと笑って一虎はそう言った。

やっぱり笑顔はとてもすてきだ。滅多に見られないだけに、レア感があってなおのことすてきに見える。

芽の荷物は着替えの入ったバッグが一つきりで、だから片付けるようなものもない。そしてエプロンを貸してもらい、まずはランチの後片付けの皿洗いからと指示されて、芽は洗い場に立った。

よくこれだけの客を一虎は一人で切り盛りしていたなと思うほど、皿の数は多い。この店では自動食洗機はなく、すべて手洗いだ。だから割ってはいけないと神経を使えば遅くなるし、かといって雑に洗えば割ってしまいそうになる。皿洗いだけで、もはやクタクタになりそうだった。

隣では一虎がディナータイムの仕込みをしている。

自分のような見ず知らずの一文無しを雇ってくれたことに感謝しながら、芽は一生懸命皿を洗い続けた。

だが、仕事は皿洗いだけではない。

軽い賄いを出され——これがチキンのサンドイッチとミネストローネでとてもおいしく、あっという間にぺろっと食べてしまいおかわりまでもらってしまった——それを食べ終えるとすぐにディナータイムになる。

接客も当然芽の仕事のうちだ。というか、これがメインの仕事。

これでも一応接客業だったから、いくらかは人見知りも克服してはいるが、飲食店での勤務経験はない。緊張しながらはじめて「いらっしゃいませ」と言ったときには声がひっくり返ってしまい、狼狽えてしまった。

おまけにディナータイムのメニューは決まったものではなく、その日の仕入れによって変わるという。今までフレンチなんか無縁だった芽には料理の名前もちんぷんかんぷんで、それがどんな料理かもわからなかった。

しかも一虎は黒板にフランス語でさらさらとメニューを書いていくものだから、びびってしまう。英語ならともかくフランス語など読めない。と思っていると、日本語でちゃんと書き加えていて、胸を撫で下ろした。

（すごいなあ……本当にフランス料理なんだ）

書き上がったメニューには、おすすめとしてシュークルート、ブーダン・ノワール、わかさぎのエスカベーシュ、あとは定番らしい、魚介のタルタルに田舎風パテ、キッシュロレーヌ、オニオングラタンスープと並んでいる。オニオングラタンスープだけがかろうじてわかるけれど、他はどんな料理かすら見当もつかなかった。

「無理に覚える必要はない。そのうち自然に覚えられるようになる」

一虎はそう言うものの、せっかく雇ってくれたのだ。少しでも役に立ちたかった。

だがオーダーミスは少なくないし、間違った席に料理を運ぶしで、さんざんな初日。

前職で嫌というほど注意されたから、せめて声だけははっきりと心がけたがそれだけだ。

「落ち着いて。慌てなくていい」

幸い、今日のディナータイムの客は常連ばかりで、新人の芽を温かく見守ってくれる。

「へえ、芽くんっていうんだ。いい子が入ってよかったじゃない」

客からそう言われて、芽は苦笑いを浮かべる。

雇われたいきさつを話したらきっと誰もが驚くだろう。なんといっても一番驚いているのは芽自身だ。

一虎も客に「ああ」とだけ素っ気なく返していて、あとは忙しそうに手を動かしていた。

「芽くん、一虎は愛想がないけど、あれはいつものことだから。機嫌が悪いわけじゃないからね」

「そうそう。あれで結構やさしいから」

一虎がやさしいのはもうわかっている。芽はにっこり笑って「はい」と答え、「お待たせしました」とせっせと料理を運び、そして洗い物に精を出した。

気取ったところのまるでないＨＡＮＡという店だが、シェフの一虎の腕は確からしく、夜の予約も平日だというのにほぼいっぱい。客の一人に聞いたところによると、週末は予約を取れないこともあるらしい。

「エスカベーシュ、あがったぞ」

「はいっ。……エスカベーシュはカウンターの一番、と」

オーダーを確認しながら、芽は料理を出す。それを食べている客の「おいしい！」という声と幸せそうな顔といったら。芽のほうまで幸せになるような表情をしている。

ラストオーダーは二十二時。

最後のオーダーを取って、最後の料理を出し終えて——店の営業を終えたのは日付が変わる少し前だった。

洗い物を終え、店の掃除をしていると、一虎に声をかけられた。

「疲れただろう」

「少し……」

少し、と言ったものの、本音はもう動けないくらい疲れていた。

慣れない仕事で緊張しつつ、神経を使って、おまけに身体も動かして……。それはもうクタクタに疲れ果てていた。だが、それは心地よい疲れでもあった。

「明日からはこれにランチタイムがある。もっとハードだぞ」

そう言われて、芽ははっとした。

そうだ。今日は夜しか働いていない。夜は割とゆったり食事を楽しむ人たちばかりだったから、これでもまだペースはゆっくりなのかもしれない。ランチタイムはおそらくもっと忙しいだろう。短い時間帯でたくさんの客を相手にしなければ。

昼間洗った皿の量を思い出して、芽ははあ、と大きな溜息をついた。

「もう辞めたくなったか？」

一虎に聞かれて芽はぶんぶんと頭を横に振った。

「いえっ、疲れましたけど、楽しかったです。……といっても、ご迷惑しかかけなかったと思いますが」

「迷惑なんかかけられてない。よく頑張った。――これは今日のご褒美だ。腹が減ってると眠れないからな。早いとこ片付けて、風呂入って寝ろ。明日は早いぞ」

カウンターにすっと出されたのは、オニオングラタンスープ。

両手付きのスープボウルにこんがりと焼き色のついたチーズがたっぷりとのったそのスープは、どうやらこの店の名物らしく、何人もの人がオーダーしていたものだ。

芽が掃除をしていたときに一虎が厨房でなにかしていたとは思ったが、まさかこれを用意してくれていたとは。

てっきり明日の仕込みをしていたのかと思っていた。

一虎の好意に甘え、カウンターに座って「いただきます」と芽はスプーンを持つ。

スプーンで焼き色のついたチーズをトントンとノックするように叩く。チーズの下にあるバゲットがスープをたっぷりと吸ってふんわりと浮かんでいた。バゲット下にスプーンを差し入れると、ぶわっと湯気が立つ。と同時に、炒《いた》めた玉ねぎとブイヨンのいい香りがその湯気にのって芽の鼻先に届く。

そのとてつもなくおいしそうな香りにごくりと生唾を飲み込んだ。

そうしてバゲットをスプーンで小さく切って、口の中に入れる。

「あっつ……！」

熱い。とっても熱い。

はふはふとしながら、スープをたっぷり含んだバゲットを口の中で転がす。じゅわっとスープが口の中にあふれるように広がった。じんわりと身体に染みこんでいく味と温度に身体も温かくなっていく。

バゲットを嚙むと、スープを吸ったやわらかい部分と、オーブンでカリッと焼けた部分とが混在していて、その食感がまた楽しい。チーズのコクと、オニオンスープの滋味深い味わいと、休む間もなくスプーンを口に運んでいた。

――芽、そんなに慌てて食べたら舌を火傷《やけど》するぞ。

不意に芽の頭の中に、クスクス笑う声とそんな言葉が過る。

芽の手が止まったのは、スープボウルの中身が半分ほどになったところだった。

「………」

芽がオニオングラタンスープをはじめて食べたのは隼人とのデートのとき。あの日は春だというのにとても寒い日で……牧場直営のレストランに二人で行った。

彼は芽を可愛いと言ってくれたはじめての人だった。

あの寒い日にかじかんだ手をぎゅっと握ってくれて――はじめてのキスもその日。

スプーンを持つ手に涙の粒が落ちる。

ぽとり、と一粒落ちると、次から次にまた落ちていった。

一虎は厨房で仕事をしているのか、ナイフで野菜を切る音だけが聞こえている。

トントントントン、トントントントン。ときおり、トトトトト……と早くなって。まるで楽しい音楽を聴いているみたいだ。

いつ終わるともしれないリズミカルな音に慰められる。今日、一人で夜を過ごさなくて本当によかった。一人きりで寂しい思いを、裏切られた事実を抱えているのは辛《つら》い。

鼻水を啜りながら、漏れそうになる嗚咽《おえつ》をこらえながら、スープを口に運ぶ。

温かくて、疲れ切った身体に染み渡るやさしい味。この味に芽の心も少しだけ癒《い》やされたような気がした。

2. 謎《なぞ》を解く牛肉の赤ワイン煮込み

ＨＡＮＡでの仕事はとても忙しい。

朝早くから、店の掃除。飲食店は清潔が第一だ。テーブルも照明も、それから壁にかけられている絵画の額や飾られている雑貨の数々をピカピカに磨く。

掃除は嫌いじゃない。水は冷たいが、こうして拭《ふ》き掃除をしていると、自分の汚い部分もなくなっていくみたいに思える。それにここに黙って置いてくれた、一虎への恩返しもある。どこもかしこもピカピカにして気持ちよく客を迎えたかった。

店の窓もドアも拭いて、店の前の道路を箒《ほうき》で掃いて、それが終わるとちょうど花屋が開く時間になるので、花屋に行ってテーブルに活ける花を買う。

芽は花のことはわからないから、店のおねえさんのアドバイスに従って、おすすめをそのまま買ってくるだけ。でも「一虎さんもそうよ」とおねえさんがこっそり教えてくれて、少し気持ちが楽になった。

開店前にこれだけのことをしなければならないので、いきおい起床も早くなる。

朝六時前には起床し、洗濯機に洗濯物を突っ込むと、一虎と一緒に朝食をとる。店ではエプロンをしているが、一虎から、できるだけ白いシャツを着てもらうほうがいいと言われている。芽の手持ちの着替えの中に白いシャツは一枚だけあったが、替えのシャツはなかった。すると一虎から連絡を受けた近所のクリーニング店のおにいさんが、「お古だけど」と芽に譲ってくれたのだ。新しい服を買いに行く金もないから、とてもありがたい。

何度も何度も礼を言うと、「このあたりは下町気質っていうか、町内会はみんな、仲がいいんだよ。それに虎ちゃんの頼みだしね」と。

だから困ったことがあったらなんでも言ってね、爽《さわ》やかな笑顔を浮かべてそう言ってくれた。彼の言うとおり、本当にみんな親切なのである。数日しか経っていないものの、近所の人とは自然に挨拶《あいさつ》ができるようになっていた。

店での仕事もはじめは緊張して失敗ばかりだったが、穏やかでやさしい一虎のフォローでまだ大きな失敗はしていない。彼は愛想はなくぶっきらぼうだが温かい人だった。

一度うっかり皿を割ってしまったことがあり、その失敗には「給料からさっ引くぞ」と冗談めかして言ったものの、その前に芽が怪我《けが》をしていないかと心配してくれるような細やかさもある。

「芽、悪いが踏み台持ってきてくれないか。それから工具箱。踏み台は階段のとこで工具箱は上の俺の部屋にある」

壁にかけていたリトグラフの額が落ちそうになっている。それを直すらしい。

「はい」

急いで芽は踏み台と工具箱を取りに行く。工具箱を探すときに一虎の部屋に入ったが、部屋の中はいろいろな本が山と積まれており、そのほとんどがフランス語で書かれたものであることに驚いた。芽はフランス語はまったく読めないが、その本の中に料理の写真をカバーに使っているものがいくつも見受けられることから、それらが料理関係の本であることがよくわかる。

（すごい……一虎さんは勉強家なんだ……）

改めて芽は一虎を見直す。

毎日の黒板メニューも、すらすらといとも簡単に書いていく。フレンチのシェフなら当たり前なんだろうと思うが、外国語の苦手な芽には尊敬の念しかない。

ＨＡＮＡの看板メニューはオニオングラタンスープ。芽が一番はじめの日にごちそうになったあの一品だ。

毎日どんな日でもあれだけはメニューから外れることはない。

玉ねぎをじっくりと炒めるその甘い香りがしてくると、芽も一日がはじまるような気がして、背筋が伸びる。

心も身体も癒やすあの味は、まさにこのHANAという店を表しているのだと思う。

次の給料が入ったら、注文しよう、と芽は心に決めていた。

「そうだ、工具箱！」

ともあれさっさと工具箱を持っていかないと、と芽は一虎の部屋のドアをそっと閉めた。

「持ってきました」

ありがとう、と一虎は言って、金槌《かなづち》を持つと踏み台の上に上がった。

「芽、ちょっとこの額支えてくれないか」

固定するために額を支えろと一虎は言い、芽は額に手をかける。

「こんな感じですか」

「うん、ちょっとそのままでいて。動かないで」

言いながら、一虎は壁に釘を打つ。

芽は額に手を添えながら、その様子を顔を上げて見た。

（あ…………）

ふと、見えたものに、芽は目を瞠《みは》った。

彼の左腕に大きな傷痕《きずあと》——。

それは左の手首すぐ下あたりからの肘《ひじ》にかけての大きな傷で、少しケロイドにもなっているようだった。新しい傷ではないが、おそらくひどい怪我だったことは明らかだ。

（だから……）

一虎は人前では腕まくりなどしない。芽も彼が腕まくりをしているのを見るのははじめてだった。

今は冬だからということもあるが、作業しているときもきっちり手首まで隠すようにしている。それがこの怪我の痕を隠すためだとしたら。

そういえば、まだ自分がここに来て間もないということもあるだろうが、彼はあまり自分のことを人に話すことはなく、いつも聞き役に回っている。

どちらかというと寡黙な部類に入るのかもしれない彼……もしかしたら、その理由がこの傷痕に隠されているのかもしれないな、と芽は思った。

「いらっしゃいませ」

今日のランチメニューは、定番のハンバーグと、日替わりメニューが豚と柿のソテー。

メニューの書かれた黒板を店の外に置くと、ランチ開始だ。

ＨＡＮＡのランチタイムは十一時三十分から十四時まで。

ランチにハンバーグが必ずあるのは、フレンチだけのメニューがとっつきにくいから、ということらしい。近所は年配の人たちも多いので、彼らがよく知っている料理を用意するようになったということだった。

メニューを二つに絞っているのは、できるだけ廉価で食事をしてもらいたいかららしい。税込みぽっきり千円、という秘密はここにあるようだった。

このあたりはオフィスも多く、正午を回るとサラリーマンやＯＬが詰めかける。そもそもが小さな店だが、昼時には行列ができる。

芽がはじめてここにやってきたときはランチタイムが終わる直前だったため、ほとんど人がいなかった。なので、こんなに人が押し寄せるとは思ってもみなかった。

開店直後は常連のおじいちゃんたちがハンバーグを食べにきて、その人たちが帰る頃にちょうど正午になってサラリーマンやＯＬが訪れるといった具合だ。

席を采配《さいはい》するのも頭を使う。基本的には一人客はカウンターだが、二人連れや三人となるとテーブルにするかカウンターにするか迷うところだ。だが忙しくなってくるとそんなことに構ってもいられず、相席をお願いすることも。

日替わりメニューの豚肉と柿のソテーは開店前に芽も賄いで食べさせてもらった。もちろん一虎も一緒に食べているのだが、毎日こうしてランチのメニューを賄いで出すことで味を確認しているのだという。

賄いでこんなにおいしいご飯を毎日食べられて、芽は幸せな気持ちになる。

今日の豚と柿のソテーは、その組み合わせに驚いたけれど、豚肉に果物というのはフランス料理のみならずヨーロッパの料理ではよく使われるらしい。

(酢豚のパイナップルみたいなもんかな……)

酢豚のパイナップルはちょっと苦手だな、と思ったが、一虎の作った豚と柿のソテーはおいしい。食わず嫌いはよくないと反省。

ともあれ、今日は柿が安く仕入れられたので、ランチにすることにしたようだった。

おそらくディナーにも柿のメニューが並ぶはずだ。柿なんて、そのまま食べるかあとは干し柿くらいしか知らなかったから、肉と一緒に焼くなんて思いも寄らなかった。

けれど、柿の甘みが豚肉を引き立てていて、芽は感激する。ここにいると自分の知らなかった世界が広がってとても楽しい。

フランス料理というと、バターとか生クリームとか、ごてごてしたソースが多いのかと思っていたのだが、確かに生クリームを使った料理もあるけれどイメージとはまったく違っていて、先入観による偏見みたいなものが自分の中にあったことを気づかされた。

「五番さん日替わりです」

お冷やがなくなっていないかどうかを確かめたり、皿を片付けたり、少しでも手が空くと洗い場に立ち、レジを打ってテーブルを拭く。

皿の上がきれいになっているのを見るのはうれしい。一虎の料理は本当においしいから、ソースがきれいに拭われているのを見ると芽も笑顔になってしまう。

(そうだよね。おいしいよね)

ごちそうさま、おいしかった、と客に言われると、一虎の代わりに「ありがとうございました」と大きく頭を下げて礼を言った。

声も、初日と次の日くらいまでは、あまり大きな声は出せなかった。だが、客の満足そうな顔を見ていると自然に大きな声が出るようになって、一虎に注意されることも少なくなった。

(少しは進歩したかな)

芽も一虎に追い出されないように必死だ。役立たずと思われてしまえば、出て行かなくてはならない。なんとかへまをしないようにと自分なりに頑張った。

まるで戦場のようなランチタイムが終わり、後片付けを終えると、休憩になる。ディナータイムは十七時からだから約二時間ほどが自由時間だ。

この時間に軽食を食べておかないと、夜がもたない。

「だいぶ板についてきたな」

冷蔵庫から卵を取り出した一虎はささっと手際よくポーチドエッグを作る。スライスした丸いパンの上にカリカリに焼いたベーコンとベビーリーフをのせ、その上にポーチドエッグをのせた。さらにその上から濃い黄身色のソースをとろりとかける。その皿を昼の残りのスープと一緒にテーブルの上に置いた。

「一虎さん、このソースはなんですか？」

見たことのない卵料理に芽は目を丸くする。

「ああ、オランデーズソースだ。卵の黄身とバターで作ったソースだが、芽はエッグベネディクトは食べたことはないか？」

「……ありません。あまり外食はしたことないので」

貧乏性と言われるだろうけれど、できるだけ質素な生活を心がけてきた。苦労している母親を見て育ってきたから、コンビニでの買い物すら躊躇してしまうときがある。

「そうか。じゃあ、食ってみろ。うまいぞ。本当はパンはイングリッシュマフィンなんだが、まあそれっぽいものってことで」

にっ、と悪戯《いたずら》っぽく笑う。普段表情を崩さない彼がふとしたときに見せる茶目っ気たっぷりな顔がとてもすてきだと思う。少しは自分に心を許してくれているのかもと思うとうれしくなった。

一虎にうまいと言われると、期待が増す。はい、と芽は返事をするとフォークとナイフを手にしてソースのかかったポーチドエッグを切った。

「うわ……あ」

はあ、と芽は感嘆の息を吐いた。

中から濃厚な黄身がとろりと流れ出る。そのビジュアルだけでおいしいとわかるくらいだ。芽は黄身とソースの混ざったところを切り分けたパンとベーコンに絡ませ、一緒に口の中に入れる。滑らかでこっくりとした卵の味とベーコンの塩味とがなんともいえずおいしい。

「これもフランス料理なんですか？」

「いや、これはアメリカで考案されたはずだ。なんでも二日酔いを直すための料理ってことで考えたと言われてるが」

「二日酔いですか……！」

芽は目を丸くした。自分なら二日酔いのときにこんな濃厚な味のものは食べられない。あっさりしたものがせいぜいだ。外国人の胃はどうなっているのだろう、と口をぽかんと開けていると、一虎にクスクスと笑われた。

「うまけりゃなんでもいいが、二日酔いでこんなもん食う元気はないよな。俺もさすがに無理だ。胃もたれしちまう」

「ですよね」

二人で顔を見合わせて笑い合った。

するとそのときだ。店のドアが開き、「虎ちゃんいる？」と顔を覗かせた人がいた。芽が振り返ると藤尾の顔が見える。今日も美しい和服姿だ。

「どうぞ」

一虎が藤尾を店の中に招き入れた。

「こんにちは。あの、先日はありがとうございました……！」

芽は立ち上がって藤尾に頭を下げる。あのとき藤尾がアドバイスや助け船を出してくれなかったら、芽はこうしてここで働けてはいなかった。

「いいのよお。それより頑張ってるみたいじゃない。豆柴ちゃん」

ふふ、と色っぽい笑みを浮かべる藤尾は美しい。が、彼女に豆柴、と言われ、芽は目をぱちくりとさせた。

「まめ……しば……？」

豆柴……？

首を傾げていると、それがおかしかったのか、藤尾がククク、と笑う。

「あらやだ、ごめんね。ご近所のみんながあんたのこと、ぴょこぴょこ動いて柴犬みたいだって言うから。まだ学生みたいな顔してるし、名前もほら、なんだっけ柴犬みたいな名前なんでしょ」

「……御子柴……です」

「ほらほら、やっぱり柴犬じゃないのよ。ちっちゃいし、可愛いでしょ。で、『豆柴』」

ふふ、と藤尾が艶《あで》やかに笑う。

その無駄に色っぽい笑顔を見ながら似てなくはないかもしれないが、と芽は複雑な気持ちになった。確かに小柄なほうだと思うし、犬顔と言われたこともある。けれど豆柴とは。

(ま、いっか)

藤尾が言うとそういうもんか、と思ってしまうくらい妙な説得力があった。ニックネームをつけられるくらい馴染んだのだ、と思考をプラスに向けることにする。

「豆柴……なるほどな」

おまけに一虎まで、うんうん、と頷いているのだ。もう豆柴でもなんでもいい。

「でしょー、虎ちゃん」

ふふん、と藤尾は得意げな顔をする。

「大きな虎に守られるちっちゃなわんこ、って庇護《ひご》欲そそるわあ」

藤尾はうふふ、と謎の笑みを浮かべながら芽の頰《ほお》を彼女のきれいな手で撫でる。いい匂いがしてきて、ドキドキしてしまう。と芽は顔を赤らめた。

「藤尾さん、うちの従業員からかわないでくださいって」

「あら、いいじゃない。可愛いんだし。はじめて見たときからちっちゃくなって耳をピルピル動かしてる子犬ちゃんみたいって思ってたのよ」

すりすりと頰を撫で続ける藤尾に、芽はなにも言えず突っ立ったままだ。もはや子犬どころか、なんだか肉食獣に捕食される獲物の気分になっていた。

「藤尾さん」

一虎が強めの口調で叱《しか》りつけるように呼ぶと、彼女は肩を竦《すく》めて「はいはい」と、ようやく芽の頰から手を離した。

「それでね、まずは、豆柴ちゃんにお土産《みやげ》。そこの鯛《たい》焼き屋さんおいしいのよ。甘いもんは好き？」

「は、はい。大好きです」

「そう。よかった。あったかいうちに食べてね。あんたこの前は今にも死にそうな顔してたけど、今日は顔も明るくて元気になってよかったわ。ちゃんと頑張んのよ」

彼女は彼女で芽のことを案じてくれていたらしい。スキンシップなのかなんなのかわからないが、あれはあれで彼女なりの親愛を示す行為なんだろう。

藤尾にハッパをかけられ、芽は「はい、頑張ります」と頷く。

「虎ちゃんにいじめられたら、あたしに言うのよ。いいわね」

藤尾はそう言ったが、一虎にいじめられるということはないだろうと芽は思う。彼は厳しいがけっして理不尽な叱り方はしない。

身体も大きく、藤尾いわくの大きな虎、だけれどもとてもやさしい虎だと思う。

「いじめやしませんよ。——で、藤尾さん、どうしたんですか。まさか芽に鯛焼き持ってきただけ、ってことはないでしょう？」

わざわざ休憩時間を見計らって、と藤尾から鯛焼きの袋を受け取りながら一虎が言う。

そうだ、藤尾は「まずは」と前置きしていた。

藤尾は「やだ、すっかり忘れてた」とぺろっと舌を出して肩を竦めている。そういうお茶目な仕草も様になっていて、きれいな人はなにをしてもきれいなのだと芽は実感した。

「そうそう、そうなのよ」

「なにがですか」

「ねえ、虎ちゃん、稲森屋《いなもりや》さんのお弁当、最近食べた？」

稲森屋さん、というのはこのＨＡＮＡの近所にある弁当屋だ。ご主人の名前が稲森といい、個人経営の仕出し料理の店だ。昔からこの場所で商売しているそうで、店頭ではテイクアウトの弁当も置いている。コンビニよりもおいしいとあって、このあたりのサラリーマンのランチ御用達《ごようたし》になっていた。

芽の食事はすべて一虎が用意してくれるから食べたことはないけれど。

「いや、ここんとこはご無沙汰《ぶさた》だな。忙しくて店を空けられなかったから、買いに行く暇もなくて」

「そうよねえ……。豆柴ちゃんが来てくれるまではてんやわんやだったものね」

「ああ。それでその稲森屋さんとこがどうかしたのか」

「そうなのよ。虎ちゃん、稲森屋さんが近頃おかしいって、みんな言っていてね」

藤尾はそのきれいな眉を寄せて、渋面を作った。

「おかしい？　どういうことだ？」

「それがねえ、稲森さんの人が変わっちゃったみたいで。近頃妙に怒りっぽくて、この前もお客さんに向かって怒鳴っていたっていうの」

「え⁉」

一虎が目を見開いて、大きな声を上げた。

かなり驚いている様子で、まだここにやってきて間もない芽には、話がよく飲み込めない。だが、藤尾が一虎に報告しに来たり、一虎も驚いているということは、その稲森さんという人は普段そういうことをしない人なのだろうと芽は察する。

「信じらんないでしょ？」

「ああ」

「おまけにお弁当の味も落ちたようなのよ」

はあ、と藤尾が溜息をついた。

「味が？」

やはり一虎も料理人だ。味が変わったという藤尾の言葉には引っかかるものがあったようだった。

「ええ。先週の寄り合い、虎ちゃん来なかったけど、そのときのお弁当はいつものように稲森屋さんでね。あたしはちょっと風邪《かぜ》気味で鼻が詰まっていたから、よく味はわからなかったの」

先週の寄り合い、というのは芽がここに来る前のことだろうか。少なくとも芽が来てから、一虎はそういう集まりのことは言っていない。寄り合いがあるなら、芽に留守番をさせて出かければいい話だ。

だとすればおそらく一虎は店のことでとても忙しかっただろうから、寄り合いに行けなかったというのはわかる。

「でもね、バーバーさとうさんとか、小松《こまつ》酒屋さんが、しきりに『味がなあ……』ってがっかりしてたのよ。でね、本当にそうかしらと思って、昨日あたし買いに行ってきたのよ」

　ふう、と藤尾がまた大きく息をつく。そうして首をゆっくりと横に振った。

「みんなが言うのもわかるわ。なんていうのか、格段に味が落ちた、ってわけじゃないの。でもね、これは稲森屋さんの味じゃない、って。そうね……、ちょっとずつ味がずれているような……違和感があるのよね。たぶんはじめて食べる人にはそれほど違和感はないのかもしれないいんだけど、あたしたちは前の味を知っているから……とにかく前の稲森屋さんじゃない」

　おまけに、と藤尾は続けた。

「稲森屋さん、人が変わったみたいになっちゃって。ずっとしかめっ面だし、無愛想だし、おまけにイライラして業者さんに当たり散らしていてねえ……雰囲気悪いったらないのよ。それで、他の人にも聞いてみたんだけど、あたしが行ったときだけじゃなくて、最近はいつもそんなだから、客も寄りつかなくなってるって言うの」

　藤尾は寂しそうな顔をしてそう言った。それを聞いている一虎も藤尾と同じような表情をしている。

「そうか……。稲森屋さんそんなになっちまってるのか」

二人の話によると、稲森屋は一虎と同年代の若い主人が経営しており、明るい人柄の彼はいつもにこにことして愛想もよく、近所でも評判がよかったという。

なのに藤尾はその彼の様子がかなり変わったと寂しげな口調になる。

「でね、いろいろ聞いてみたんだけど、どうやら稲森屋さんが変わったのは、ほら、夏頃しばらくお店をお休みしてたでしょ。大病したとかで」

「そういや、そうだったな」

店主が変わったのは、しばらく休業していた後、店を再開してからのことだったという。

二人が話をしている間、芽は蚊帳《かや》の外だ。ただ、二人の沈んだ表情がせつない。芽は厨房へ向かうと、彼らのために紅茶をいれ、そうしてそっと二人の前に置いた。

「ああ、悪い」

「ありがとう、豆柴ちゃん」

二人に礼を言われたが、礼を言われるようなことはなにもしていない。自分にできることは邪魔にならないことだけだ。「いえ」と小さく笑顔を作って返す。

一虎と藤尾は紅茶を飲むといくらか表情が落ち着いたようだった。

「――だから虎ちゃん、稲森屋さんのことちょっと気にかけておいて。困っていることがあるようだったら、助けになってあげてよ。お節介かもしれないけど心配なのよね。あたしたちもできることだったら力になるから」

「そうだな。――なにか事情があるのかもしれないが、気になるな。町内会で使う弁当はだいたいいつも稲森屋さんだったけど、味が落ちたとなると店を変えろって言い出す人もいるだろうし、そうなると厄介だ」

「そうなのよ。特に金満《きんまん》ビルのおっさん。あいつがいちいちうるさいのよね。ろくに味もわかんないくせして、『俺みたいに本当の味がわかるやつがいないと』とかいう自称グルメ王みたいなやつが一番うざくて」

藤尾の言う金満ビルというのは正式名称ではない。本当は銀座兼満《かねみつ》ビルというのだが、外壁が金ピカなので、町内では金満ビルと呼ばれている。そのビルのオーナーがなにかと町内会のことに口を出してくるらしい。それでも一応町内会の会員なので邪険にもできないのだと、後から教えてもらった。

「じゃ、休憩中悪かったわね。――豆柴ちゃん、ごめんね。鯛焼きすっかり冷めちゃったみたい。オーブントースターかなにかであっためて食べて」

藤尾はそう言うと「お稽古《けいこ》の時間だから」と帰っていった。

もらった鯛焼きは冷めてしまったが仕方がない。藤尾の言うとおり、温めてから食べよう、と思ったときだ。

「すまなかったな、妙な話聞かせちまって。芽にはさっぱりわからなかっただろう？」

一虎が芽に謝った。

「いえ、そんなこと。ご町内のことだから皆さんやっぱり心配なんですよね。藤尾さんもずっと溜息ついていましたし」

「うん。稲森屋さんが本当に藤尾さんの言うとおりなんだとしたら、やっぱり放ってはおけないだろうな……」

そう言ったきり、一虎は黙りこくってしまう。なにか考えごとをしているようだった。

芽は厨房に戻って、仕事を片付ける。グラスの磨き方や、皿の汚れなどをチェックする作業だ。グラスをクロスで磨くのは好きだ。台座を拭き、それからステムを拭く。ボウルの内側、そして外側と磨き上げてピカピカにすると、なんともいえない達成感があった。

そうして磨いていると、一虎が紅茶のカップを持って厨房に戻ってくる。

「芽――悪いが、お使いを頼まれてくれないか。稲森屋さんにひとっ走り行って弁当買ってきてくれ。俺だと面が割れてるし、芽はまだ近所でも顔見知りが少ないから。いいか？」

一虎も藤尾も本当に情に厚い。芽はにっこりと笑って答えた。

「はい、もちろんです」


「なるほど……」

芽が買ってきた弁当を一虎は味見して、ひと言そう言った。

あれから芽はすぐに稲森屋に弁当を買いに走った。一虎に頼まれたのは、稲森屋の定番、幕の内弁当。

藤尾と一虎の話から、主人がどんな人か気になっていたが、その当の本人は不在で、代わりに芽と同じ年頃の女の子が店番をしていた。

店番の子はとても愛想がよく、にこにことしていて、芽が店に入ると元気よく「いらっしゃいませ」と挨拶してくれた。

だから店の主人の様子はわからなかった、と一虎に報告したが、「そうか。ありがとう」とだけ言って、すぐさま弁当の蓋《ふた》を開けた。

「芽も一緒に味見しよう」

そう言って、二人で弁当を半分分けにしたものをつつく。

幕の内の中身は、紅鮭《べにざけ》、牛肉の八幡巻き、鶏の照り焼き、卵焼き、カニ爪《つめ》フライ、れんこんのはさみ揚げ、きんぴらごぼう、お煮染め、そして小梅がのせられ、黒ごまがふりかけられた白ご飯。少し贅沢《ぜいたく》だが、ごくごくスタンダードな幕の内弁当だ。

この弁当が七百円というのはかなりコストパフォーマンスがよいのではないか。ちなみに稲森屋には日替わりランチ弁当もあり、そちらは品数が少ないが、五百円のワンコインとあって、平日の昼はこちらが売れ筋のようだった。

一虎が一番はじめに箸《はし》をつけたのは、お煮染めの高野豆腐。その高野豆腐をじっくりと嚙みしめている。次に口にしたのは卵焼き。いずれもその店の味が味わえるものだ。

芽はその弁当の味をそう悪いものではないと思った。むしろおいしいと思ったのだが、一虎の感想は違っていたらしい。彼は一口嚙むたびに険しい表情をしていた。

きっと以前の稲森屋の味ではないのだろう。

そして食べ終えたところでやっぱりひとしきり考え込んだ後、ようやく発したのが「なるほど……」というひと言だったのだ。

弁当に関しての感想はそのひと言だけで、あとは特に触れることはなかった。その夜のＨＡＮＡは結構忙しく、芽もクタクタになるまで働いたせいで疲れてしまい仕事を終えると倒れ込むように眠った。

次の日――。

「回覧板ですか」

へえ、と芽は目を丸くする。

「ああ、昼の休憩のときにでも持っていってくれないか。俺が行ってもいいんだが、会長は話が長いんだ……今日は肉屋の支払いの日でどうしてもここにいないといけなくて」

「いいにきまっています。だってそのためのバイトですし」

にっこりと笑って芽は頷いた。

そのくらいしないとバチが当たる。家賃はタダ同然で食事が黙っていても出てくるところに住まわせてもらって、なにより仕事で給料ももらえるのだ。雑用でもなんでも遠慮なく言って欲しいと思う。

そんなわけで昼食をとると、芽は町会長のところに回覧板を持っていくために店を出た。

都会のど真ん中――ハイソでセレブなイメージの銀座なのにこういうところがなんとなく都会っぽくなく、だから芽もこの町が好きだな、と思う。

人情味があって、世話焼きで――ちょっとお節介なところはあるけれど、あったかい。

町会長は金満ビルの向かいにある画廊の主人で、「あんたが虎ちゃんとこの豆柴くんかい。藤尾さんから聞いてるよ」と既に芽のことも知られている。

にこにことして人当たりのいい老紳士で、「頑張ってね」とお駄賃だと言ってパックのジュースを持たせてくれた。

（なんか、子どもだと思われてんのかな、俺……）

童顔だから仕方がないとはいえ、複雑な気持ちだ。少し前まではスーツを着て仕事をしていたから、社会人だとかろうじて扱われていたが、今はシャツにジーンズやチノパンでこれでは確かに学生かなにかだと思われるだろう。

ともあれ無事にお使いを終え、ＨＡＮＡに戻る途中のことだった。

（稲森屋さんはどうかな……）

この町の新参者でもやっぱり気になってしまう。ことに昨日、弁当を食べた後の一虎の反応を見ているだけに、ついつい気にして少し遠回りしてしまう。

稲森屋の近くを通りかかると、大きな声が聞こえてきた。

「うるさい！　おまえには関係ないッ！」

男の大きな声だ。

見ると、稲森屋の店先にぱらぱらと数人の人がいる。どうやら近所の人が店からの声に心配になって覗き込んでいるようだった。

荒らげた声はまだ続いている。誰《だれ》かと言い争っているような言葉が切れ切れに聞こえた。

(喧嘩《けんか》……？)

あの声が稲森屋の主人だろうか。

急いでＨＡＮＡへ帰って、一虎へ報告すべきか、と思っていると店から女の子が勢いよく飛び出してきた。

「うわっ」

その女の子とぶつかりそうになり、よけようとしたためバランスを崩し転んでしまう。見事に尻餅《しりもち》をついてしまい芽は「うわ……恥ずかしい……」と苦笑いした。

「す、すみません……！」

ぶつかりそうになった当の彼女は芽が転んでしまったため、申し訳なさそうにぺこぺこと頭を下げて謝った。

「あ……別に、大丈夫ですよ。俺が鈍かっただけで」

尻餅をついただけで、足も捻《ひね》っていないしどこを怪我しているわけでもない。芽は立ち上がってそう言った。

「いえ、私がちゃんと前を見ていなかったから……本当にすみません」

顔を上げて芽が彼女の顔を見ると、昨日稲森屋で店番をしていた子だ。

「あ……」

芽の顔を見て、彼女も見覚えのある顔だと思ったのだろう。目をぱちくりとさせていた。

「えっと、昨日……お弁当買った者です。……覚えていないかもしれませんけれど」

相変わらず自分は説明が下手だな、と思いながら、どう自己紹介するのが正解なのかわからず、そう言うと彼女は「ああ」と声を上げた。

「昨日の！　幕の内買ってくださったお客さんですよね。じゃあ、なおさらごめんなさい」

「気にしないでください。俺も鈍くてよけられなかったから、おあいこです」

「ありがとうございます。私、取り乱しちゃって」

「それより大丈夫ですか？　……差し出がましいとは思いますが……喧嘩されていたんじゃないですか？　なんだかひどいことも言われていたようでしたし……ごめんなさい、大きな声だったから、聞こえてきてしまったので、つい……」

芽が言うと彼女は小さな声で「はい」と答えた。

「そうですよね。あれだけ大声だと聞こえちゃいますよね。――実は、あの店は兄がやっていて……私は妹なんですが」

「妹さんだったんですね」

「ええ。喧嘩は……今までほとんどしたことがなかったんです……でも、兄が最近変わってしまって」

彼女はきっとどこにも言えなかったのか、気持ちを吐露するように言うと、ぽろりと涙をこぼした。涙を流した彼女に芽はポケットからハンカチを出して差し出す。

「す、すみません。転ばせてしまった上にこんな……」

ごめんなさい、と何度も言う彼女に芽はどうしてあげることもできずに立ち尽くす。

芽が困り果てていると彼女に声をかけてきた人がいた。彼女の名前は琴子というのだとやっとわかった。

「琴子《ことこ》ちゃん？」

彼女はその声に顔を振り向けた。

「馨《かおる》くん」

どうやら知り合いのようだ。メガネをかけた、三十代前半くらいの男性だった。

「どうかしたの？」

その男性は怪訝そうに芽を見る。それも当然だろう。なにしろ、若い女の子が泣いていて、芽が困ったように突っ立っているのだ。彼女を泣かせたと思われてもおかしくない。

「この人になにかされたの？」

男性は芽を睨《にら》みつける。言い訳しようにもできない状況で、芽は困った。きっと言い訳すればするほど誤解されてしまう。

「いっ、いえ。その、俺は……」

じり、と詰め寄ってくるのを、顔を引き攣《つ》らせて芽は後ずさりする。そこに彼女が割って入った。

「違うの、馨くん。誤解しないで。私が悪いの。私がこの人にぶつかりそうになって、それでこの人が転んでしまったの……それで……」

彼女も感情が高ぶっていて、説明がしどろもどろになっている。そのせいでまだ誤解を解いてもらえそうになく、芽は睨みつけられたままだ。

「それでなんで琴子ちゃんが泣いてるの」

じろり、と冷たい視線が突き刺さって痛い。かといって、自分がなにか言い訳をしたらそれこそ誤解を招きかねない。黙っているのが吉だ。

「お兄ちゃんが……私に出て行け、って。それで喧嘩になって」

琴子が事情を話す。

琴子の話によると、彼女と兄である稲森屋の主人とは二人暮らしをしていて、これまではとても仲よくやっていたという。だが、急に琴子を追い出そうとするように冷たく当たるようになり、喧嘩が絶えなくなったらしい。

それを聞いた男性は信じられないという顔をする。

「雄一《ゆういち》がなんでそんな……。あいつが一番琴子ちゃんを可愛がっていたのに」

「――お兄ちゃんは変わっちゃったのよ。馨くん。それで喧嘩して飛び出したところにこの人にぶつかりそうになって、話を聞いてもらっているところで私が泣いちゃったから」

ごめんなさい、ともう一度琴子が謝る。

「気にしないでください。それより早くお兄さんと仲直りできるといいですね」

芽は琴子に笑いかけた。

彼女の側《そば》にいた男性が芽に向き直って、頭を下げる。

「申し訳ない。僕の早とちりで、嫌な思いをさせてしまって。僕は宇崎《うざき》といいます。ここの……琴子ちゃんとお兄さんの幼なじみで、昔から知っているものだからつい」

彼はすぐそこにある内科医院の医者だと自己紹介した。

宇崎医院、とレトロな看板が掲げられている古い建物を指さす。その場所は芽がこの町に来たときに、一番はじめに目にした建物だ。

古い医院に若い医者。代替わりでこの医院を継いだのだろう。この町はうまく代替わりしていると芽は思う。稲森屋もそうだし、宇崎医院もそうだ。他の芽が知っている店も二代目、三代目が頑張っている。

「いえ、本当にお気になさらないでください。――あっ、もうお店に戻らないと」

時計を見ると結構な時間が経っている。こんなところで油を売っている場合ではない。戻ったらグラス磨きが待っている。

「お店？」

琴子に聞き返される。

「はい、俺、ビストロＨＡＮＡのバイトなんです」

「そうだったんですね。じゃあ、ＨＡＮＡさんに新しく来た方って……」

「ええ。俺です。そろそろ帰らないと、夜の準備もあるので……すみません」

「そんな……！　こちらこそ、すみません。取り乱してみっともないところをさらした上にお仕事の邪魔をしてしまって」

琴子に申し訳なさそうに謝られた。

「すっかり迷惑をかけてしまってすまない。琴子ちゃんのこともありがとう。この子の兄に代わって礼を言います」

宇崎に改めて丁寧に頭を下げられ、芽は「いえいえっ」と恐縮するように顔の前で手を振った。

とばっちりを食ったのは確かだけれど、すぐに誤解も解けたから気分は害していない、と伝えると二人は安心したように笑う。

それじゃ失礼します、と芽はその場を後にし、急いで店へ足を向けた。

（うわ、ヤバい……っ）

思いがけなく巻き込まれてしまい、時間を取られてしまった。

息を切らせながら走って帰る。時計を見ると、あの場所に三十分以上いたらしい。一虎が怒ったところは見たことがないが、怒られたらきっと怖いだろう。

彼のように普段感情を露《あらわ》にしない人が、怒れば誰より怖いと言われている。

おまけに彼はとても真面目《まじめ》で、時間にもルーズなところは見受けられない。まだ一緒にいて間もないが、小さいことは気にしないたちで大らかな人だと思うが、よく気が利く人でもある。

だから、芽は一虎を怒らせたくなかった。

怒らせたくない、というより、失望されたくないという気持ちが強い。

一虎みたいな人に拾ってもらえたのは幸運としか言いようがないし、だからこそ長く働いていたいとも思う。

（うう……怒られませんように……）

失敗して、また職を失うことも怖い。まだＨＡＮＡで働きはじめて十日ほどしか経っていないのに、辞めろと言われたら今度こそ本当に路頭に迷ってしまう。

（十日分の給料だったら……飛行機代くらいにはなるかな……。足りなかったら貯まるまで働かせてくださいって土下座してもいい……）

物事、いったん悪いほうに考えはじめると、さらにどんどんと悪いほうへ悪いほうへと考えてしまう。飛行機で北海道に帰ることができたとして、そこから先は本当になにもない。田舎の母親のところに身を寄せれば、きっと母親は「なんもなんも。仕方ないし、気にすることない」と言ってくれるだろうけど、気持ちは重い。

おそるおそる店のドアを開けて、「戻りました……」と小さな声で言う。一虎は厨房にいて仕込みをしているらしい。

「……すみません……遅くなりました……」

厨房へ出向いて芽は頭を下げる。

「ご苦労さん。ありがとな。遅くなったっていってもたいした時間じゃない。おおかた会長にとっ捕まってたんだろ。俺が頼んだんだし、そんなビクビクしなくたっていいよ」

くくっ、とおかしそうに一虎が笑う。

どうやら芽の取り越し苦労だったようだ。

前の職場ではほんの些細《ささい》なミスも執拗《しつよう》に叱られていたから、必要以上に神経質になっていたらしい。

「それが……」

ホッとしながら、つい今し方の出来事を話す。

稲森屋の琴子が兄と喧嘩して店を飛び出してきたこと、その兄が妹から見ても「人が変わった」と言って泣いていたことなど……。

「……だとすると、やっぱり稲森屋さん自身になんかあったとしか考えられないな」

一虎が心配そうな顔をする。

あの琴子の様子を見る限り、町内会のみんなが心配するのも当然と思えた。かといって、迂闊《うかつ》に下手な介入をするのも憚《はばか》られる。いくら向こう三軒両隣的な、この町内にあってもそこは安易に考えるべきではなかった。

けれど一虎の表情を見たり、昨日の藤尾の様子を見たりすると、まだこの町内の新参者のくせに胸が痛む。

「とにかく、それは後で考えようか。まずはうちの仕事だ。芽、そこのビール冷蔵庫に入れて。それからグラス磨いて、コーヒー豆の補充と――」

そうだ。もたもたしているとディナーの時間に間に合わなくなる。今日は早い時間から二組の予約が入っている。

はい、と返事をして、芽は仕事に戻った。


その夜のことだ。

今夜は早めの時間帯に予約が入った客ばかりだったせいか、九時を回るとほとんどの客が帰ってしまいなんとなく落ち着いていた。もう今夜の客はないかも、と思っていたとき一組の客がＨＡＮＡに入ってきた。男性二人連れの客。

「いらっしゃいませ――あっ」

芽はその客の一人を見て、パッと笑顔を向けた。

「こんばんは。今日はごめんね。……いいかな？」

その客は昼間に琴子と稲森屋の幼なじみだと言っていた、医者の宇崎だった。もう一人は、険しい顔をした宇崎や一虎と同じような年頃の男。

もしかしたらこの人が稲森屋の主人なのかもしれないと、芽は思った。

「はい、どうぞこちらへ」

宇崎の強《こわ》ばった顔や、もう一人の男の険しい顔から、カウンター席は勧めずに一番隅にあるテーブル席に案内する。

「今日のおすすめはアイナメです。いいのが入ったそうなので、シンプルにポワレがおすすめとのことです。あとはブラッドソーセージが苦手でなければ、ブーダンノワールはいかがでしょうか。他のメニューはこちらの黒板に書いていますので、置かせていただきますね。お飲み物のメニューはこちらです」

黒板メニューとワインリストと他のドリンク類のメニューを置くなり、宇崎は芽にオーダーをする。

「ワインはハウスワインの白をグラスでお願いしようかな。あと、そのおすすめのアイナメと……僕はブラッドソーセージ苦手だから、レンズ豆の煮込みをお願いするよ。おまえはどうする？」

そう言って、目の前の男に話しかける。だが、男は口を閉ざしたままだ。宇崎は溜息をついて、もう一度芽に向き直った。

「ごめんね。じゃあ、砂肝のサラダを追加してくれる？　こいつの飲み物はビールで」

困ったような顔をして宇崎が言う。芽はオーダーを書きつけると、「かしこまりました」とテーブルを離れた。

なんともギスギスした雰囲気の二人だった。

芽が他の客の料理を運んだり、また洗い物をしたり、他の仕事をしている間、二人はなにか深刻そうに話をしている。

だが、宇崎が一方的に話しかけているだけで、もう一人の男はビールに口もつけず、唇を引き結んだまま黙りこくっていた。

ただ彼らのテーブルに運んだ料理は多少は食べてくれているようだった。とはいえ、どの皿も少し手をつけてはおいしくないとばかり、機械的にもぐもぐと口を動かしているというふうにも見える。

彼ら以外の客を芽が見送ったときだ。

二人でなにか言い争いをしているようで、とても剣呑《けんのん》な雰囲気だった。今までさほど口を開かなかった男は宇崎へきつい言葉を言っているらしく、宇崎もイライラとしている。どちらも興奮気味に声を荒らげるようになっていく。ハラハラしながら見守るが、言い合いはエスカレートする一方だった。

「俺のことは放っておいてくれ！」

そう叫ぶように宇崎へ怒鳴りつけ、乱暴に席を立った。

「あ、あの……」

芽が声をかける間もないまま、出て行ってしまう。振り返って宇崎を見ると、彼はがっくりと項垂れていた。

「大丈夫ですか？」

芽が見ていた限りでは暴力的なことはなにもなかったようだが、宇崎がひどく消沈しきっている姿に思わず声をかけてしまう。

「はい……大丈夫です。それより、こちらにはご迷惑をかけて申し訳なかった。不快な思いをさせてしまってすみません」

宇崎は芽と、それから厨房から出てきた一虎に向かって謝った。

「いえ、もう私たちしかいませんし、お気になさらず。それより、稲森屋……いえ、稲森さんはどうされたんですか？　いつもの稲森さんとは別人だ。昼間、この芽から少し話は聞きましたけれど、なにかあったんでしょうか」

一虎がそう言うと、宇崎は、はあ、と深い溜息をつく。そうして大きく首を横に振った。

「それが……わからないんだ。僕にも」

「そうですか……」

「本当にお二人には迷惑をかけてしまったね。特に、芽……くん？　きみには昼といい、今といい、お詫《わ》びのしようもないよ」

「そんなことありません」

芽が宇崎に言うと、「悪かったね」と彼はもう一度詫びの言葉を口にした。

「料理も無駄になってしまって……おいしいものを食べながらだったら、あいつも理由を話してくれるかと思ったんだけれど」

ふっ、と宇崎は力なく笑う。

「……迷惑かけついでに、少し飲んでいってもいいだろうか。まだ僕にはあいつがなんであんなふうになったのかわからなくて。気持ちが整理できないんだ。……幼なじみのくせに情けなくて不甲斐《ふがい》なくて、飲みたい気分だから」

宇崎は寂しそうな顔をしている。友達が変わってしまったのはショックが大きいに違いない。そろそろラストオーダーの時間でもう客も来ない。だから一虎もこう言った。

「ええ、どうぞ。よかったら話を聞きますよ」

「ありがとう」

一虎は芽に目配せをして、fermé《フェルメ》（閉店）の札を出すように促した。

芽はそっと二人の側を離れると、ドアにかけていた札をferméに替える。これでもう誰も店の中には入ってこない。

「ご町内の皆さんにも稲森の様子がおかしくなったことを聞かれてね。一虎さんももしかしたらそんな話をされたんじゃない？」

「ええ、まあ」

一虎は苦笑する。

「だよね。僕も何度もあいつに話をしようとしたんだけど、そのたびに今日みたいな態度になっちゃってね。取りつく島もないんだ」

「そうでしたか」

「ただ、きっかけらしいきっかけは、たぶん、あいつが病気で入院して……退院した後からだと思う」

一虎は宇崎のグラスにワインを注いだ。

迷惑をかけたからと宇崎は少し高めのワインを注文してくれた。それを一虎と芽にもすすめ、ご相伴にあずかることにする。

「病気のことは聞きました。お店もしばらく閉めていたので、どうしたんだろうと」

「その病気のことなんだが、あいつは僕にも病名を教えてくれなくてね。僕だけじゃない。妹だというのに、琴子ちゃんにもちゃんとは話していなかったんだ。同じ家にいるのに、って彼女は怒っていたよ」

それを聞いて、一虎は驚いたようだった。

「そういえば、妹さんは最近お店に出ているようですが、以前はお手伝いされていませんでしたよね？」

「うん。あの店は、稲森とパートさんでやってたんだけどね、入院したときにいったんパートさんに辞めてもらったらしい。入院が長引くかもしれないから、と説明されたみたいだったよ。その話も琴子ちゃんがパートさんから聞いたもので、稲森が言っていたわけじゃない。それで退院して、店を再開するにあたって琴子ちゃんが手伝ってるんだ。大学生で比較的時間に余裕があるからって。本当はあいつが一人でやると言って聞かなかったようなんだが、ずっと体調が悪そうでね。だから彼女も放っておけなかったんだろうけど」

琴子は稲森の入院時、海外に留学していたとのことだった。だから琴子はなにも知らないのだそうだ。そのため兄の異変に彼女は驚いたという。

彼らの両親は数年前に二人とも亡くなっており、今は二人暮らしだ。稲森と琴子は仲のよい兄妹で、だから彼女の留学中に入院したのは、病気を妹には知られたくなかったのだろうと宇崎は説明した。

それだけ仲のいい兄妹だったから、これまで琴子に怒鳴り散らすようなことはなかったという。妹思いのやさしい兄と評判だった。

芽の前で泣いてしまったのは、仲がよかった兄に怒鳴られたことが辛かったのかもしれなかった。

「僕は医者だから、病気のことも体調のこともケアしてやりたいと思っているのに、なんの相談もしてくれなくてね……」

相談すらできない友達かと思うと自分で自分が情けない、と宇崎は寂しそうに笑い、グラスの中のワインを一気に呷《あお》った。

「なんだってあいつはあんなに荒れてるのか……僕にはさっぱり……」

「ひとつ伺ってもいいでしょうか」

一虎は宇崎に訊ねる。

「なんだい？」

「稲森さんは、ビールお好きでしたよね？」

「あ、ああ。あいつは無類のビール好きだよ。いつも飲みに行くときにはビールと決まっているんだけど……そういや今日はまったく口をつけなかったな」

宇崎は不思議そうに首を傾げた。

「わかりました。――先生にお願いがあるのですが」

一虎は宇崎にそう言った。宇崎はこくりと頷く。

「稲森さんを、もう一度ここに連れてきていただけますか。いつでも構いませんが、そうですね、できたら明後日《あさって》がいいな。明日だとちょっと難しいので。新しいメニューの味見をしてもらいたい、とでも言って連れてきてください」

「それはいいけど……なにかあるの？」

「いえ、もしかしたら稲森さんが変わってしまった理由がわかるかもしれません。直接ご本人に確認したいので。でもちょっと準備が必要なんです」

一虎は不思議なことを言った。

（一虎さん、なにかわかったのかな……）

幼なじみの宇崎にも、妹の琴子にもわからない理由を一虎がわかったとでもいうのだろうか。一虎は芽が買ってきた弁当を食べただけだし、あとは今日、稲森がＨＡＮＡの客だったというだけだ。

なのに、理由がわかるかもしれないだなんて。

芽にはさっぱりわからなかった。


「一虎さん、稲森屋さんのこと、大丈夫なんですか？」

二日後、宇崎から「稲森を連れていく」と連絡があった。一虎が指定したのはＨＡＮＡのランチが終わった時間。要は自分たちの休憩時間だ。

その時間なら、たとえ稲森が暴れたところで、ランチの客にもディナーの客にも迷惑はかからない。

「ん？　ああ、大丈夫だろ」

一虎はランチの営業の後、厨房に立っていた。ディナータイムに出す料理を仕込んでいるのと、あとは別の料理を作っている。芽はちらっと見て首を傾げた。

「オムレツ……ですか」

卵を割ってかき混ぜている、その卵液に――。

「ちょ、ちょっとそんなにお砂糖入れて……！」

芽が声を上げた。なにしろ砂糖の量が素人目に見ても多いと思ったからだ。というか、普段オムレツに砂糖は入れない。これじゃあ、まるで卵焼き。だけれども、卵焼きにしても砂糖の量は多いだろう。

けれど一虎はけろっとした顔で、「いいんだって、これはこれで」とどこ吹く風だ。

妙な味付けのオムレツと、ランチに出した鱈《たら》のエスカベーシュを一口サイズにしたもの、それからクレソンのおひたしを一皿の上に盛りつけている。

「こんにちは」

宇崎の声が聞こえて、店のドアが開いた。

宇崎の後ろにはむっつりとした表情の稲森がいる。

「ようこそ、どうぞこちらへ。すみません、試作品の味見をお願いして」

「いえいえ、ＨＡＮＡさんの味見なら喜んで」

宇崎はニコニコとしているが、稲森はずっと不機嫌な顔をしている。

一虎は二人をカウンター席へ案内した。

そうして二人の前にガス入りの水を出す。が、ガス入りとは彼らにはきっとわかっていないだろう。いつもこの店で出すのは普通の水だからだ。

一言言ったほうがいいかと思ったが、一虎は小さく首を横に振り、芽へなにも言わないようにと暗にほのめかす。

（一虎さんはどういうつもりなんだろう……）

すると稲森は早速その水の入ったグラスを手に取って、口元に持っていった。それを口に含むなり、ぎゅっと眉を寄せ、辛そうな表情を浮かべた。

だが、彼はなにも言わずに、ただ苦痛そうな顔をしているだけだ。

（ガス入りの水……嫌いだったのかな）

炭酸の入った水は好き嫌いが分かれる。海外へ行くと、水を頼むとガス入りの水が出てくることもあるので、普通の水が欲しいときにはいちいち「ガス抜きの」と付け加えたほうがいいとも聞く。

だから嫌いなのは仕方がないが、日本では普通はガスが入った水を出すことはない。なのになぜ一虎はあえてガス入りの水を出したのか。

さっきの砂糖いっぱいのオムレツといい、ガス入りの水といい、一虎はなにを考えているのか……芽にはさっぱり見当もつかない。

「お待たせしました。こちらを召し上がっていただきたいのですが」

そう言って、例のオムレツなどを盛り合わせた皿を、二人の前にそれぞれ置く。

「へえ、おいしそう」

宇崎はすぐにナイフとフォークを手にして、まずはオムレツを切る。稲森も同じように切り分けていた。中がとろっとしたオムレツは見た目だけで涎《よだれ》が出てきそうになる。――が。

（でも味が……）

芽は内心で苦々しい顔になる。

あのとき卵液の中に一虎が入れていた砂糖の量はかなり多かった。あれを食べて彼らがどういう感想を抱くのかと想像すると、不安しかない。

思ったとおり、オムレツを口に運んだ宇崎はまずぎょっとした顔をして、渋面を作った。

だが同じタイミングで食べていた稲森は平然とした顔をしている。

(……ん?)

稲森は料理人だ。なのに、あのオムレツを食べて平気なのだろうか。

芽は目をぱちくりとさせる。

と思っていると、次に二人はエスカベーシュを口にした。今度は宇崎は満足そうな顔をしているのに反して、稲森はガス入りの水を飲んだときのような顔になり……いや、もっと辛そうな顔になっていた。それきり彼はフォークもナイフも置いてしまう。

「……悪いが、帰らせてくれ」

稲森はそう言うと、席を立とうとした。

「稲森さん」

一虎が声をかける。

「もういいだろう。うまかったよ」

おざなりな感想を口にして、稲森は立ち去ろうとした。すると一虎は「本当ですか」と聞き直す。

「ああ、本当だ。うまかった……これでいいか」

「だったら、もう少しお付き合いください。もう召し上がらなくてもいいですから」

一虎は稲森が残した料理を「芽、これちょっと味見して」と差し出す。

「俺がですか？」

「うん。ちょっと食べてくれないか」

一虎に言われたら仕方がない。芽はまずオムレツを試食する。食べたとたん、想像を絶する甘みが口の中に広がった。

「あ、あ、甘いじゃないですか！　これ！　甘いっていうか、甘すぎです……」

芽は目を白黒とさせる。甘いとは思っていたが、これはもうお菓子のような甘さだ。

「だよな。じゃ、次はエスカベーシュ」

「一虎さん……だよな、じゃないですよ……これ、オムレツじゃないし……。エスカベーシュももしかしてこんな味なんですか……？」

恨みがましい目をして一虎を見るが、「いいから、食べて」と芽を促す。

「わかりました……食べます」

今度は覚悟して芽はエスカベーシュを、えいっ、と口の中に入れた。だが、こちらはいつもの味だ。

「こっちは……おいしいです。いつもの味……」

「ああ、そうだな」

別にどうということもないとばかりに一虎が相づちを打つ。この反応も当然とばかりに。

甘すぎてまずいオムレツに、おいしいエスカベーシュ。

いったいなにがどうだというのだ。

一虎の意図がまだわからない。芽に試食させる意味も、彼らにこれを食べさせた理由も。

きょとんとしている芽や、芽の反応と一虎の行動に困惑している二人へ向けて一虎は口を開いた。

「──今日の皿ですが、食べていただくと、本来芽のような感想が当然かと思います。このオムレツにはあり得ないほど砂糖を入れました。エスカベーシュはいつものうちの味付けです。ですから宇崎先生の反応は正しい。けれど──」

一虎は稲森のほうへ向き直った。

「稲森さん、そろそろ宇崎先生や妹さんに本当のことを話されたらいかがですか？」

一虎の言葉に稲森は目を大きく見開いた。

「……本当のことって、俺は別に」

「別に、じゃないと思いますよ。稲森さん、味がわからないんですよね」

一虎は稲森へはっきりと言い切った。

「そ、そんなこと……なにを根拠に」

明らかに稲森は狼狽えていた。おそらく一虎の言ったことは図星だったのだろう。

「宇崎先生、稲森さんは味覚障害かと思います。たぶん、甘味に対しては鈍く、そして酸味は考えたところかなり敏感になっているか、あるいは苦みになっているか。また炭酸の刺激は、口の中に相当な痛みを引き起こしているんじゃないでしょうか。クレソンは召し上がっていただいていませんが、口にしたらこちらは味を感じなかったかもしれません。もしくは非常に苦みが強くなったか。……いずれにしても、稲森さんの舌は以前と同じではないと考えます」

それを聞いて、宇崎はハッとした顔になり、稲森のほうへ振り返った。

「稲森、そうなのか？」

だが稲森は口を閉ざす。ふい、と顔を背けていた。

「稲森さん、もう隠しておくのはやめませんか。うちの芽が言っていましたよ。妹さんが泣いていたと。それに町内会の皆さんも心配していました。この町内は今までみんなで助け合ってきたはずですよね。ちゃんと相談して理解してもらって……甘えたっていいじゃないですか。ご近所なんだし。それにみんな、稲森さんのお弁当が好きなんですよ」

一虎が言うと、宇崎も横から口を挟む。

「どうして言ってくれなかったんだ……！　僕じゃ、頼りなかったのか。友達が、親友が苦しんでいるのに相談にも乗れないなんて、悔しいよ、本当に悔しい。それともおまえは僕のことを友達だと思ってなかったってことなのか……！」

宇崎は泣いていた。目から涙をぼろぼろと流して、稲森に向かって叫ぶ。

「稲森さん、これでもまだ隠し通すつもりですか。お弁当の味が変わったことも、皆さん気づいていますよ。まだ今からなら大丈夫です。俺も協力しますから」

それを聞いて稲森はがっくりと力が抜けたように、再び椅子に座った。

「……すまないが、白湯《さゆ》をくれないだろうか。水じゃないほうがいい……」

そう言った稲森も涙をこぼしていた。


水ではなく白湯を、と稲森が要求したのは冷たい水は舌に痛みを感じるから、とのことだった。一虎の推測どおり、炭酸も刺激が強くて口の中が痛いのだという。

ビールを飲まなかったのは炭酸を口にしたくなかったということだった。

「入院したのは……たぶん宇崎はもうわかってると思う。胃に腫瘍《しゅよう》があってな」

たまたま勧められて受けた胃の内視鏡検査でごく早期の胃がんが見つかったという。まだ内視鏡での切除が可能で、そのため入院していたということだった。

だが、その後再発予防のための化学療法で、他の副作用はそう強く出なかったものの、味覚障害が起こってしまった。とはいえ、あとしばらくは服薬を続けなければいけないし、店も開けたいしで葛藤したという。

「……なんで僕に言わなかった」

睨みつけるように宇崎が言う。

「――心配をかけたくなかった。おまえと琴子は俺ががんだと知ったら、俺の代わりに頑張っちまうだろう？　よけいな気を遣わせてしまうし。だから投薬治療が終わるまでの半年我慢すれば、って思って……。本当は店も休んだままにしておきたかったんだが、そうするとおまえらは不審に思うかと。だから店を開けたんだが……裏目に出ちまったな。おまえらにはいつも頼りがいのあるところを見せたかった。病気の情けない自分を見せたくなかったんだよ」

「バカかおまえは！　それで結局みんなに心配かけたんだろうが！　だいたいいいかっこしいなんだよ、おまえは！」

「すまん……」

大きな身体の稲森が宇崎に叱られている。

後から宇崎に聞いたが、イライラも化学療法の副作用のひとつだということだった。気が立ちやすくなったり気分の浮き沈みが激しかったりというのも薬のせいらしい。

「あとのことはまたみんなで考えましょう。とんでもない料理を食べさせてしまったお詫びにこちらをどうぞ。こっちはうちの自慢料理ですよ」

そう言って一虎は二人の前に皿を置いた。

「牛肉の赤ワイン煮です。——牛には亜鉛が、そしてその亜鉛の吸収をよくするワインで煮込んであります。亜鉛は味覚障害の治療薬と聞きました。味も酸味は抑えていますし、食感も敏感な口の中でも大丈夫ではないかと。これならおそらく、稲森さんの舌でもそう悪くないと感じられるかと思います。召し上がってみてください」

説明されて、稲森はおそるおそるフォークとナイフを手にし、そっと肉を切り分けた。こっくりとした茶褐色のソースをまとった肉の塊の断面は美しい桜色だ。ナイフで肉を切るときも、まったく力を入れていないように見える。それどころかフォークで簡単に切れるほど、よく煮込まれて柔らかくなっている。うっかりすると崩れそうになる肉の小片に稲森はソースをまぶし、それを口に運ぶ。

ゆっくりとそれを咀嚼《そしゃく》して、彼はほっと安堵《あんど》するように小さく息を吐いた。

「いかがですか。味はおそらく、ほとんどわからないかもしれませんが、召し上がれそうですか」

一虎が聞くと、稲森は大きく頷いた。

「申し訳ないが、あんたの言うとおり味はほとんどわからないんだ。けど、これは大丈夫。きっと舌が前のままだったら、ものすごくうまいんだろう。味がわからないのが悔しい」

「仕方がありませんよ。気長に待ちましょう。専門家じゃない俺が言っても気安めかもしれませんが、味覚は戻りますよ、きっと。そう信じていましょうよ。俺でよかったらいくらでも手伝います。稲森さんの味が一番よくわかっているのは宇崎先生や妹さんでしょうから、皆さんでサポートすれば元の味で作っていけます」

「ありがとな。……あんたも料理人だからわかると思うが、味がわからねえってのはショックでさ。甘いのはかろうじて食えるが、酸っぱいのは苦すぎたり、酸っぱすぎたりでとてもじゃないが食えない。苦みはえぐくてこっちもダメだ。……やっぱり弁当の味がおかしい、ってみんなわかってたんだな。いつも作ってるものだから、と思って味付けしてたんだが、それだけじゃダメってことだ……」

自分に言い聞かせるようにそう口にし、そして宇崎へ顔を向けて稲森は頭を下げた。

「すまなかった……俺が意固地だったばかりに……。一人でなんとかなる、なんとかしなくちゃって思って、焦るばかりで、琴子やおまえにも当たり散らしちまった」

「本当だ。おまえ一人で抱えられることじゃないって、これでわかっただろ。僕はおまえからしたら頼りないかもしれないけど、これでも医者だし、頼ってくれよ。あとは琴子ちゃんに謝れ。いいな」

「ああ、わかってる。——一虎さんにも迷惑をかけた。悪いがこれから手伝ってもらえたらありがたい」

深々と頭を下げる。

二人は一虎の牛肉の赤ワイン煮を平らげて、それから仲よく店を後にした。

最後は笑顔になっていた二人の背を見ながら芽はほっとする。いったんは切れかけた友情の絆《きずな》を結び直した一虎を芽は心から尊敬した。

「よかったですね、稲森屋さん。琴子さんもこれで安心するでしょうし」

今日のディナータイムは用意しておいた牛肉の赤ワイン煮があっという間に品切れにな

ってしまった。ときどきはＨＡＮＡのメニューにも載るらしいが、芽ははじめて見た料理だった。稲森たちが食べているのを見て、とてもおいしそうで、あれは芽も食べてみたかった。

(だって、あのソースときたら……！　光の加減で赤い色がときおり見え隠れする焦げ茶色でつやつやのソース……。絶対おいしいにきまってる)

一虎の料理はなにを食べてもおいしいけれど、稲森と宇崎はあの料理を食べているときにとても幸せそうな顔をしていた。芽もいつか自分のお金であの料理を味わいたい。

(うう……早くお金貯めなくちゃ。いや、その前に仕事でへましないようにしよう)

芽の場合、まずはそこからだ。拙《つたな》い仕事ぶりにキレもせず、仕事を教えてもらっている上、一虎はいつもおいしい賄いを作ってくれる。これ以上贅沢を言ったらバチが当たる。

そんなことをつらつらと思いながら、後片付けをしていると、一虎が「ほら、芽、メシ」と皿をカウンターの上に置いた。

「う……わあ……！」

一虎がよこした皿を見て、芽の目はまん丸に見開く。

というのも――今日の賄いは、一人前だけ残してあったという牛肉の赤ワイン煮を一虎がオムライスの上にかけてくれたのだ。

一口だけでもいいから、いや、ソースだけでもいいからひと舐めしたいと思っていたあの味を食べられるとあって、芽の口の中にあっという間に唾液が溜まっていく。

つやつやのソースに一口大に切ったワイン煮のお肉。それがふんわりと巻かれた黄色いオムライスの上にかけられている。

「い、いただきます……！」

口の中に入れると、肉がほろほろと溶けてなくなっていくように繊維がほどけていくし、ソースは尖《とが》った酸味がなくてコクがあってまろやかで、そう、芳醇《ほうじゅん》という言葉がぴったりの味だ。

「――稲森さんは、あとでご町内のほうへは説明に行くと言っていたから、藤尾さんたちの心配もなくなるだろ。――なんだ？　そんな顔して」

赤ワイン煮がのっけられたオムライスを口にして、おそらくひどくだらしない顔をしていたのかもしれない。だけれども、こんなおいしいものを食べて、理性を保てというほうが無理に決まっている。

理性だってこの肉のようにほろほろと崩れていくくらい、本当においしいのだ。

「らって、これ、ほいしくて」

もぐもぐと食べながら返事をするから、ろくに喋ることもできない。

「おいしくて、って言ったのか?」

呆れたように聞かれて芽はこくこくと頷いた。

「まったく、食うか喋るかどっちかにしろ。まあ、うまいならいい」

くすくすと笑われる。

近頃、一虎は芽の前でもよく笑うようになっていた。というか、ずっと一緒にいるせいか彼の素の顔がよく見えてくる。あまり表情を変えないと思っていたが、意外と笑っているし、冗談も言う。仕事のときにだけ少し厳しい顔になる。それだけだ。

「芽はよく働いてくれるからな。助かってる。おまえ、はじめは人見知りと言っていたのにな。そうでもないだろう?」

「それは……皆さんよくしてくださるので……。俺が話す前に気を遣って先回りしてくれたり、やさしくしてくれるから。たぶんリラックスしてお話ができるんだと思います」

近所の人たちも、HANAの客も、芽のことをやさしく見守ってくれているような感じがする。急《せ》かしたり恫喝《どうかつ》したり、そういうことがここでは一切ない。それに色眼鏡《いろめがね》で見られることもないから、いつの間にか慣れて普段どおりに振る舞えるようになっていたのだ。

けれどやはり一虎が芽をここに受け入れて、穏やかにゆったりと仕事を教えてくれたことが大きい。とても器用とはいえない芽だ。きっと内心では呆れていることも多かっただろう。なのに感情を表に出すこともなく、的確にアドバイスをくれる。

そのおかげでどうにかやっていけている。

彼の側にいると、大丈夫だと自信のようなものもちょっとだけ……ほんの少し生まれるようになっていた。

(ずっとここにいられたらいいな)

いつまでいられるのかわからないけれど、この店で、一虎と一緒にずっと働いていたい。

それがおいしい賄いのせいなのか、それとも――。

「そうか。それならいい。――たくさん食べろ。芽はちょっと痩《や》せすぎだ」

一虎に微笑《ほほえ》まれて、芽はどきりとする。

イケメンの笑顔は破壊力が大きい。

「や、痩せすぎって。ここに来てから、体重増えましたよ」

「それでもまだ痩せてるだろ」

彼はそう言って、芽にデザートのブランマンジェを出してくれた。

つるりとした食感のそれは、実は稲森に出そうとしていたようだったが、すっかり忘れていたらしい。失敗した、という顔をしている一虎はちょっとレアだな、と思いながら芽はふふっ、と笑う。

明日が休みの日とあって、一虎も珍しく今日はワインを飲んでいる。どこの歌なのかわからないけれど、ご機嫌なのか鼻歌交じりで。

「はあ……本当においしいですねえ」

オムライスを味わって、ほわんと幸せ気分に浸る。問題も解決して、おいしいものを食べて、そして一虎もご機嫌で、こんなふうに心まで温かいと思うことがここへ来てから多くなった。温かいというのはなんて幸せなんだろう。

「そりゃよかった――芽もワイン飲むか？」

「え、いいんですか」

「遠慮するな。少し付き合え」

ワインのグラスに注がれる美しい赤い酒。

今日一虎が飲んでいるのは、この店でハウスワインとして出しているものだ。ハウスワインで店のこだわりがわかるという。手頃な価格で出すからこそ、おいしいものを提供したい。だからＨＡＮＡのハウスワインは安くても本当においしいのだと、一虎が芽に以前説明してくれた。

「いただきます。――あ、ワイングラスって乾杯のとき音を鳴らすのはマナー違反って本当ですか？」

聞きかじりのマナーを思い出して芽は聞く。店の客は好き勝手に鳴らしていたけれど、どうなんだろうと思ったのだ。いつも訊ねようと思っていたのだが、忙しさに取り紛れて忘れていた。

「いや、そんなことはない。確かに星付きのレストランだと、高いグラスだろう？　高いグラスってのは縁が薄いものだから、ぶつけると欠けたりひびが入ったりするんだよ。そういうグラスをぶつけて音を鳴らすのはＮＧだが、うちなんかはたいして高いグラスでもないしな。フランスに行ってもみんな鳴らしてる。まあ、強くぶつけなければいいんだよ」

「そうなんですか」

へえ、と芽は目を丸くして感嘆の息をついた。

「グラスより大事なのは、乾杯のときには必ず目を合わせること」

「目を？」

「そう。乾杯するときには相手の目をちゃんと見て」

「は、はい」

「じゃ、今日はお疲れ様」

一虎はじっと芽の目を見ながら言う。

（うわ、やっぱりかっこいい……）

かっこいい男性に、自分だけを見つめられる経験なんかそうそうない。芽の心臓がドキドキと大きな音を立てる。

しかも今の一虎は表情もやわらかく、声だって甘い。

俳優かモデルと言っても通りそうなくらい整った顔は見とれるしかない。

こんなに見つめられたらなんか変な気分になってしまう、と目を逸《そ》らしたくなったけれど、目を合わせないとマナー違反と言われているのでそれもできない。

ワインを飲む前から、顔が赤くなってしまいそうだった。

「乾杯」

「か、乾杯」

カチン、とグラスを鳴らし合う。一虎は満足げにグラスの中のワインをくいと呷るように飲む。芽も一口ワインを含む。フルーティーな香りが口の中いっぱいに広がった。

ブドウしか使っていないのに、なぜかたくさんのベリーの味がするような気がする。そのくらい軽やかなのに深みのある味がした。

「おいしい……！」

「口当たりがいいからって、飲みすぎるなよ」

ふふ、と一虎が笑って、グラスを揺らす。

その仕草がとても様になっていて、かっこいいな、と芽はやっぱり少し胸がときめいてしまう。

顔が赤くなってしまうのは全部ワインのせいにしてしまおう、と芽は思った。

3. ブイヤベースはかく語りき

「こんばんは、芽くん」

今夜の一番乗りは稲森と宇崎だ。

「こんばんは、稲森さん、宇崎先生。お待ちしていました。カウンターでいいんですよね？」

予約のときにカウンターで、と言われていたので、二人をカウンター席に案内する。

あれから二人は仲よく連れ立って、ときどきＨＡＮＡへやってくるようになっていた。稲森一人でもＨＡＮＡの休憩時にやってきては、一虎にアドバイスを求めていて、弁当の味もだいぶ元に戻ってきたようだった。

稲森の治療も年明けには終わるということなので、それが終われば、まだしばらくは味覚障害はあるだろうけれどそれも徐々によくなっていくだろうと宇崎が言う。

ともあれ、仲直りしてこうして食事に来てくれるというのはうれしいことだ。

芽も彼らを迎えるのが楽しくなっていた。

「今日は随分冷え込んでるねえ。芽くんは北海道の人だって言ってたけど、じゃあ、寒いのは平気？　けろっとしてるよね」

「そうですね、外が寒いのは割と平気なので仕事のときは平気なんですけど」

「へえ」

「でも、こっちって窓ガラスが一枚じゃないですか。俺びっくりしちゃって。部屋の中に隙間《すきま》風が入ってくるような気がするんですよね。それだけで寒い……！　ってなっちゃいます。温度はそれほどでもないけれど芯《しん》から冷えるっていうか……寒さの種類が違うんでしょうか」

そんな話をしながら、オーダーを取る。

今日のおすすめはポトフ。じっくりと煮込まれて、ほっとするやさしい味だ。ポトフはこれからの季節ほとんど定番と言ってもいいほどメニューに出ると一虎に言われた。

実際、ポトフはとても人気で閉店までにはいつも鍋《なべ》が空になる。芽も食べさせてもらったけれど、スープをよく吸ったカブや人参やキャベツなどの野菜が本当においしくて、そして身体《からだ》も温まるのだ。

「前菜はホタテのタルタルですね。それからポトフ……あとはアリゴ、それとチーズの盛り合わせですね。あ、今日はゴルゴンゾーラが特におすすめですって」

アリゴというのはマッシュポテトとチーズを練り上げたもの。トルコアイスのように伸びて、楽しい料理だ。口当たりがいいのでついつい食べすぎてしまうが、チーズもバターも山ほど入っているので、カロリーには気をつけないといけないのだけれど。

「ゴルゴンゾーラか、いいねえ」

「はちみつたっぷりご用意しますね」

宇崎は甘いものが好きなようで、いつもデザートは甘いものにしている。

今日は甘いものではなくチーズとのことだから、稲森と存分にワインを楽しむつもりでいるのだろう。

芽もだいぶ料理のことがわかってきて、チーズにもたくさんの種類があって、また旬《しゅん》があることもはじめて知った。たとえばヤギの乳からできるシェーブルという種類のチーズは春が旬らしい。まさかチーズにまで旬があるとは思わなかった。

「芽、悪いが上に行って、ひざかけを持ってきてくれないか。今日は寒いから、必要なお客様もいると思う」

日中はここまで冷えると思わなかったが、日が暮れると一気に気温が下がってきた。動いていると気がつきにくいが、一虎は窓ガラスの曇り具合から、ひざかけが必要かもしれないと考えたのだろう。

「あ、はい」

普段店に必要ないものは、だいたい二階に置いている。必要になるたび、こうして芽が行き来して取ってくるのだ。はじめのうち階段の上り下りが多くて、足がだるくなったけれど、今は慣れたものだ。

ひざかけを持って、店に戻ってくると、稲森と宇崎がにこにこと笑顔でワインを口にしている。

今日の予約はあと一組。

平日ということと、やはり十一月というのは少し客足が落ちるらしい。十二月になると忘年会だのクリスマスだので一気に客が増えるのだが、十一月はかなり落ち着いているとのことだった。来週には十二月に入るので、この落ち着き具合も今だけと言える。

けれど客の側にしてみれば、じっくり料理と酒を楽しむなら十一月が狙《ねら》い目なんだろう。なにしろジビエもおいしい季節だし、他の客がいないぶん、シェフと会話を楽しむことだってできる。

ＨＡＮＡの常連はだから入れ替わり立ち替わり訪れてくれていた。

「豆柴くん、こんばんは」

二組目の予約客は町会長ご夫婦だ。

「あら、あなた、豆柴くんなんて失礼じゃないの。ごめんなさいね。うちのったら、ほんとすぐ調子にのっちゃうんだから」

　夫人に会長が叱《しか》られているが、「いいんですよ。俺、皆さんにそう言われているので」と芽はフォローを入れる。実際、ここの人たちにそのあだ名で呼ばれるのは嫌いじゃない。

「そうなの？」

「ええ、なので奥様もお気になさらないでくださいね。コート、こちらでお預かりします」

　にっこり笑って芽が言うと、奥さんはコートを芽に預けた。

「本当にいい子ねえ。みんなが言うとおりだわ。一虎さん、いい子に来てもらってよかったじゃないの」

　一虎は厨房《ちゅうぼう》から夫人に「ええ」と笑顔で答えている。そのやり取りを見て、芽はとてもうれしくなった。ここに来て褒められることが増えた。

　これまでは褒められるどころか、足手まといだとけなされることが多かったから、こんなふうに認められるのはなによりもうれしい。

「そういえば、豆柴くんは人を捜しているんだって？　藤尾さんから大変なんだって聞いたよ。まったくろくでもないやつがいるもんだ。豆柴くんみたいないい子を騙《だま》して金を巻き上げるなんてねえ」

町会長が席に着きながら、険しい顔をした。

夫人はそれを聞いて「あら」と驚いている。

「まあ、そんなひどい目に遭っていたのね」

同情の目を芽に向けた。

「でも、それは俺がバカだっただけですし。本当に、ここで働かせてもらわなかったら、どうなっていたか。ですから、一虎さんと藤尾さんには感謝してもしきれないんです」

芽が言うと、カウンター席の二人も話を聞いていたらしく「そうだったの」とか「ひどいな」とか声をかけてきた。

町会長は藤尾から聞いた芽の身の上話を稲森と宇崎に話して聞かせている。

HANAで働きはじめてから、ここでの生活が楽しくて、隼人のことを思い出すことはあまりなくなっていたし、もともと騙し取られた金も諦《あきら》めていた。

町会長に言われてようやく、はっとするくらい、芽の中では過去のこととなりつつあって、思わず内心で苦く笑った。

(嘘《うそ》みたい。上京までしたのに、忘れていたなんて)

けれどそれはここでの生活があまりに楽しいからだ。

改めて芽に居場所を作ってくれた一虎には感謝するばかりだった。

「ここのご町内の住所を騙《かた》ったってのが、気に入らねえな」

「ってことは、もしかしたら本人がこの近所の人間か、あるいはこのあたりを知っている人間かもしれないってことだよね。じゃあ、案外ひょこっと本人が現れる可能性があるかもしれないな」

みんながわいわいと芽を騙した隼人のことで盛り上がっている。

「豆柴くん、僕らもそれらしい詐欺師野郎が現れたらすぐに教えるから、だからくじけるんじゃないよ」

町会長に両手をがっしり握られ、そう言われる。

今はもうくじけているわけじゃないけれど、励ましてくれていることに変わりない。だから芽は「ありがとうございます」と礼を言う。

本当にいい人たちだ。

「芽、よかったな。みんな協力してくれるようだぞ。さ、皆さん、オーダーよろしいですか」

一虎がくすくすと笑いながらみんなに声をかける。

「あら、そうだったわ。一虎さんのお料理をいただきにきたのよ、今日は」

「そうだそうだ。なあ、虎ちゃん、ポトフはあるかい？」

「ええ。ありますよ」

今日はすっかりご町内の宴会のようになってしまった。結局カウンター席の二人は町会長のテーブルに呼ばれ、四人でわいわい会話をはじめている。

その夜は遅くまで楽しい会話が止まらなかった。


「お先にお風呂《ふろ》いただきました」

芽は風呂から出て、ダイニングの冷蔵庫からオレンジジュースを取り出してグラスに注ぐ。このジュースは店で出しているのと同じものだ。オレンジの味が濃厚でこういう疲れた日には特に身体に染み渡っていくような気がする。

ゴクゴクとグラスの半分ほどを一気に飲んで、はー、と思わず大きな息をついた。

「じゃ、俺も風呂入ってくるか。……今日は疲れただろ？」

一虎が芽のところにやってきて、声をかける。

「ん……少しだけ。でも、皆さん俺のこと気にかけてくれたり、励ましてくれたりすごくうれしかったです」

「そうだな。ここの人はみんな温かい人たちだから」

「ええ。ずっとこのままここにいたくなってしまいます」

「気がすむまでいていいぞ」

ハハ、一虎が笑う。彼にしてみればただの軽口なのだろうが、そんなことを言われると気持ちがふわふわと浮き足だつ。いくらかは自分もこの店に——一虎の役に立っているのかなと思い上がってしまいそうになった。

「ほんとですか？　本気にしますよ」

気持ちを落ち着けながらこれ以上舞い上がらないようにと、芽も冗談ぽい口調で彼に言うと「本気にしとけ」と頭を撫《な》でられ、くしゃりと髪の毛をかき混ぜられた。

「………………！」

不意のことに芽は驚き、持っていたジュースのグラスを落としそうになる。

「うわっ」

すんでのところでグラスは落とさずにすんだものの、中身のジュースが一虎にかかってしまった。

「ご、ごめんなさい！」

ジュースは一虎の着ていたTシャツを濡《ぬ》らす。オレンジジュースだから、放っておくとベタベタになってしまうだろう。

「いや、俺が悪かった。驚かせちまったからな。すぐに風呂入るから気にするな」

そう言うなり、彼は着ていたTシャツを脱いだ。

筋肉質の身体が露《あらわ》になる。料理人は思っているよりも運動量が多い。普段から特に筋トレなどしている気配は見られないが、やはり仕事だけでもかなり鍛えられるのかもしれない。と思ったとき、見えたものに芽は目を瞠《みは》る。

思わず大きな声を上げそうになり、それをすんでのところでこらえる。

「…………っ」

というのも、彼の腹――左の脇腹《わきばら》に大きな切り傷があったからだ。そういえば、彼の左腕にも切り傷があった。

ふたつの切り傷はいったいどうしてついたものなのだろう。

一虎の過去になにがあったのか。

「じゃ、先に寝てろ。あとは俺がやっておくから」

傷を芽に見られたことに気づいたのか、さっと彼は傷を隠すように背を向ける。

「はい。すみません……本当に」

「いいって。さ、明日も早いぞ。芽は体力ないんだから、さっさと寝ちまえ」

笑いながら言って、一虎は風呂へ足を向けた。

芽はジュースが他に飛び散っていないかどうか確かめ、念のためテーブルの上や床を水拭《みずぶ》きする。手を動かしながら芽は一虎の腹の傷が気になって仕方がなかった。

あれほど大きな傷が残っているとなると、あの傷ができたときにはかなりひどい怪我《けが》だったということだ。手術痕《こん》ならもっときれいな筋を描くだろうが、あれはとてもそんなものではなかった。

一瞬しか目にしなかったとはいえ、少なからずあの傷は芽に衝撃を与えた。

（……見なかったことにしよう）

いくら考えようが、彼が芽になにも話さない以上は、きっと知られたくないことなのだろう。それに芽はまだ一虎に雇われて間もない身だ。よけいなことを詮索《せんさく》する筋合いもなければ彼も芽に話す道理もない。

誰《だれ》しも人には知られたくないことがある。

どれだけ興味があっても、自分勝手にそれを暴き立てるのはただ自分の興味を満たすだけの行為であって、誰の得にもなりはしない。

こうしてひとつ屋根の下で暮らすようになって、少しずつ彼のことをわかりかけてきた。

その中ではっきりしているのは、彼は彼自身のことをまるで話すことがないということだ。傷のこともそうだが他のことも。

ＨＡＮＡの前にいた店のことも話をはぐらかして教えてくれないし、出身地がどこかも周りの誰も知らないという。

あの藤尾や、話し好きの町会長でさえ、ここに雇われる前の彼について詳しいことはわからないと言っていた。

ただ「虎ちゃん、フランスの星付きレストランにいたことあるようなのよ」と藤尾が言っていたことがある。新進気鋭の料理人として一虎が取り上げられていた記事を、古い料理雑誌のバックナンバーで見つけたことがあったらしい。だが、一虎に聞くと、それについては話したくない、と口を閉ざすのだそうだ。

「まあ、おかげであたしたちはおいしい料理が食べられてるんだからいいんだけど」とそれ以上聞くことはしなくなったようだが。

常連の人たちは一虎のことを慕っているが、彼はどこか彼らに一線を引いて付き合っているところがある。けっして冷たいというわけではない。むしろとても思いやりのある人だと思う。だけれども、彼自身の中に踏み込ませないところがあって、深く立ち入ろうとすると、やんわりとはぐらかしてしまうのだ。

芽もっと一虎のことを知りたいと思うときはあるのだけれど、ずけずけと踏み入って彼に嫌われることはしたくない。だったら——このままでいいと思う。

シェフと見習いギャルソン。

この距離関係は、自分のためにもちょうどいいのかもしれなかった。


「芽、ジャガイモの皮剝《かわむ》き終わったか」

「あと少しです」

ピーラーを動かしながら、芽が答える。

もともと母一人子一人で育ったので、ジャガイモの皮剝き程度ならなんとかできないことはない。そうはいっても、とても一虎のようにナイフを自分の手の一部のように動かすこともできないし、そもそもピーラーしか使ったことがないので、もっぱらピーラーでの皮剝きになっているがそれでも最近は厨房の手伝いもさせてもらえるようになった。

なにしろ彼の手から生み出される料理はすべておいしくて、ついつい彼の料理をする手をうっとり見つめていたところ「やってみるか」と聞かれたのだ。

厨房に立たせてもらっていいのだろうか、と躊躇《ちゅうちょ》していると「構わない」と料理についても空いた時間に教えてくれるようになった。

まだ基礎の基礎からという状態だが、それでも教えてもらえるのはありがたい。

「じゃあ、それが終わったら、寸胴《ずんどう》に湯を沸かしておいてくれ」

「はい」

おそらく湯は魚の下処理用だろう。今日は小さめの魚や魚介類が多く入っていた。一虎はブイヤベースにすると言っていた。

この店にやってきて、今まで食べたことのない料理をたくさん食べるようになってきたが、ブイヤベースははじめてだった。といっても、芽の頭の中ではブイヤベースという料理のイメージがうまく浮かばない。魚の西洋風鍋、と一虎が言ったけれど、魚の鍋というと思い浮かぶのは、鱈《たら》ちり鍋くらいだ。

「鱈ちりか……こっちも寒くなってきたし、食べたいなあ……」

ぼそっと芽が呟《つぶや》く。

鱈は真冬に食べる魚だ。寒い時期には鱈、というのが北海道生まれの芽の頭の中ではすぐに結びつく。昆布だしで煮た鱈のあっさりとした味わいと、ふわふわでクリーミーな白子をポン酢でいただくのは、冬だけの贅沢《ぜいたく》な味だ。

「鱈ちり?」

芽の独り言を聞きつけたらしく、一虎が声をかけてきた。

「わわっ、すみません! 冬っていうと、うちでは鱈ちり鍋をよくしていたから」

「なるほどね。そうか、そろそろ鱈もうまい季節だな。白子もいいね。白子は好き?」

「はい! とろっとして濃厚で……ああ、思い出したら食べたくなってきました」

食べ物というのはなんて罪深いのだろう、と芽は思う。

おいしい味というのはいつまでも自分の舌の記憶に残っているような気がする。ときどきそれがフラッシュバックしてきて、どうしても食べたくなるような衝動に駆られる。

(うう……一文無しの身なのに……)

だが一文無しの身でも、今の自分の状況はきっと誰よりも恵まれている。星付きレストランにいたかもしれない名シェフの料理を毎日、それも毎食食べられるなんていう贅沢、そうそうできることではない。

なのに別の料理のことも考えてしまうなんて、罰当たりな気がする、と芽は苦笑した。

「俺も白子は好きだな。——白子をカリッと香ばしく焼いて、トマトソースでフォンデュにしてもいい」

「う……」

なにやら聞いているだけで涎《よだれ》が出てきそうだ。だらしなく芽が口を開けていると、一虎がククク……と忍び笑いを漏らす。

「あはは。じゃあ、今度いい鱈と白子があったら、芽のためになにか作ろうか。今日は別の魚だが、鱈のブイヤベースもいいもんだぞ」

作業をしながらそんな他愛《たわい》もない話をする。

けれど、作業のダメ出しは容赦ない。少しでも油断すると、厳しく注意されてしまう。

とはいえ、こうして並んで立っていると心が近くなったような気がしてうれしくなった。

「あ、時間なので店開けてきますね」

芽はランチメニューの看板を店の前に出す。

今日のランチは定番のハンバーグランチと、それから豚のグリエ、マスタードソース。

豚は厚切りで、かなりボリューミーだ。

看板を置く位置を調整していると、ときどき訪れる常連の男性客が「こんにちは」と芽に挨拶《あいさつ》してきた。

「あ、こんにちは。田中《たなか》さん」

「もうランチOK？」

メガネをかけた、おっとりとにこやかな中年の男性は近所で印刷業を営んでいる。

　この界隈《かいわい》はかつて出版関係の会社が多かったとのことで、いまだに古くからの印刷業や製本業の会社などもそれなりに残っている。面白いなと思ったのは、紙を断裁する断裁機の刃を研ぐ専門の工場もあることだ。

「はい、どうぞ。今日は豚ですよ」

「いいねえ。ここんとこちょっと忙しいからお腹ぺこぺこなんだ」

「じゃあ、ライスは多めにしたほうがいいですよね」

「うん、頼むよ」

　はい、と答えて芽はドアを開け、カウンター席へと案内した。

　ライス多め、と一虎に伝えて、芽はお冷やとおしぼりを田中に手渡す。

「ああ、そうだ。虎ちゃん」

　田中がカウンターの向こうにいる一虎に声をかける。

「なんですか」

「前に、ほら、豆柴くんを騙した男がこの近辺の住所使ってたって話あったでしょ」

「ええ」

「なんか、昨日の夕方にやってきた客がちょっと胡散臭《うさんくさ》くてね。まあ、名刺の見積もりだったんだけど、今まで使っているのとまったく違う感じで作ってくれってことでね」

田中はおしぼりで手を拭きながら話をする。

「その名刺を見たら、それが会社の名前は若干違っていて、住所はこのあたりじゃなかったけどね。だけどその本人の名前や、見せてもらったデザインやなんかは豆柴くんが持っていた名刺によく似ていたんだよ。投資関係の仕事をしているということだったけど、結構な色男だったねえ」

それを聞いて芽の心臓がどきりとする。

ここでの日々の楽しさに取り紛れていて、すっかり思い出すこともなかったが、田中の話で一気に自分がここにやってきたときへ時間が巻き戻ったような気がした。

「どんな感じの男でしたか。背格好とか、特徴とか」

困惑して声も出せないでいる芽に代わり、一虎が訊《たず》ねる。田中はうーんと唸《うな》りながら、斜め上を見てなにかを思い出すような仕草をした後で口を開いた。

「そうだねえ、背丈は虎ちゃんよりは低いよね。僕より高いくらいで、シュッとしてるけど、すかした感じのイケメンだったよ。そうそう、口元にほくろがあったかな。えっと向かって右側の、ここんとこ」

そう言って、田中は指を彼の口元に持っていった。

「――――！」

芽は目を見開いたまま、身体を固くする。田中が指さした場所に隼人もほくろがあった。そのほくろがセクシーだと芽はいつも思っていた。

「そうそう、時計がねえ。パッと見ただけだったけど、あれは僕も気になってた時計でね」

田中が羨《うらや》ましそうに言う。

なんでも有名ブランドの今年のモデルだということだった。田中の趣味は時計で、結構なコレクターらしい。

芽が百貨店に勤務していて感じたのは、時計を求める男性はかなりの数いるということだった。芽はもともと金がないし、持ち物は実用第一と思っているから、高級時計には目を向けることはないが、それこそ金に糸目をつけない収集家のなんと多いことか。

芽の持っている時計とはゼロの数がまったく違う、と目を丸くしたものだ。

そういえば、隼人も時計にはうるさかったな、と思い出した。

付き合っていたときも、彼に頼まれて、先行発売の時計を買ったことがある。芽の百貨店でもそう数は入らなかったものだ。唯一芽のことを可愛《かわい》がってくれた先輩が宝飾品売り場にいて、その先輩に頼んで確保してもらった。

だから、田中が口にしたブランド名を聞いて、芽は驚く。

その時計こそ芽が融通したものだったから。――やはり田中のところにやってきたのは隼人なのだろうか。

しかしそれだけでは決定打にはならない。芽のいた百貨店での入荷は少数だったとしても、全国的に見ればそれなりの数になる。それに日本だけで売られているものでもなく、元は海外のブランドだ。しかもあのときは少数入荷だったが、今は通常販売になっているだろう。価格はともかく買おうと思えば買えるものだ。それを考えるとたったそれだけで彼だと決めつけるのは早い気がする。

とはいえ、先入観があるとは思うものの、田中の言う人物像がすべて隼人を指しているように思えてしまう。投資関係という仕事こそ違うけれど、他の特徴は隼人と同じだ。

もしかしたら隼人がこの近くにいるのかもしれない。

あれだけ捜していたのに、いざ近くにいるかもしれないとなると、どうしていいのかわからず、心は乱れるばかりだった。

「芽、大丈夫か」

一虎の声にはっとして顔を上げた。

「……はい、大丈夫です。……ぼんやりしちゃってすみません」

芽は慌てて笑顔を作る。無理やり笑ったせいか、少し強《こわ》ばり気味になってしまったが。

一虎はそんな芽を心配そうに見つめていた。

「田中さん、その男は見積もりだけお願いしたんですか」

「はじめはそのつもりだったみたいなんだけどね、話の途中でそいつのスマホに電話がかかってきて、その電話の後で慌てて注文していったよ。納品はどうする、って聞いたら、取りにくることになってね。来週末にもう一度来るはずだよ」

田中は芽に気遣うように、やさしい声でそう言った。

「そうですか……」

一虎はなにか考え込む素振りを見せ、その後芽のほうへ視線をやった。

「豆柴くん、どうする？　そいつが来たら追及して警察に突き出したっていいんだよ。きみは被害者なんだから」

田中に言われても芽は咄嗟《とっさ》に答えることができなかった。金は返して欲しいが、隼人の顔はもう見たくないような気がする。会えばきっと自分の情けなさを目の当たりにするだけだ。

「俺は――」

会いたくない、と言いかけたとき一虎が「田中さん」と芽の声を遮るように口にした。

「その男は注文品を取りにくるんですね？」

「うん。来週の土曜日かな。夕方来るとは言っていたけど」

「わかりました。それじゃあ悪いけど、そのときに投資に俺が興味があるからって話をしてくれないかな。ここに立ち寄るように誘導してもらいたい。けっして田中さんには迷惑をかけないから」

申し訳ないが頼む、と一虎は田中に頭を下げた。

それはとりもなおさず芽のためのようだった。この店に寄らせて、芽にその男が隼人かどうか確認させようとしているのだろう。

「やだなあ、虎ちゃん。大げさだって。豆柴くんみたいな、今どき素直ないい子を騙すようなヤツは僕らだってコテンパンにしたいって思ってるんだからね。そいつが本当に豆柴くんの捜してたやつならボコボコにしないと。だいたい、五十万ってのは大金だよ。五十万稼ぐためにどれだけ働かないといけないと思ってるんだ。うちだってねえ、昨今、印刷通販みたいな激安印刷を売りにしている業者も多くて、みんな名刺すら注文しにこなくなってしまったからね。何日分の売り上げだと思ってんだ、まったく」

田中は憤慨したように言う。芽にかこつけて自分の愚痴を言っているようにも思えるが、心配してくれていることには変わりない。

「とにかくね、そいつが豆柴くんの捜しているやつかどうかはわからないけれど、もしそうだったら豆柴くんは好きにしていいんだからね。応援が必要なら、僕も駆けつけるし、このご町内のみんなはきみの味方だから」

「はい……ありがとうございます。一虎さんも……すみません」

「まだ来るかどうかわからないが、もし本人なら、芽には文句を言う権利があるだろう。本来なら全額返してもらうべきだからな——さあ、田中さん、できましたよ。芽、お出しして」

できあがった皿を芽に渡し、給仕するように促す。

「はい、豚のグリエ、マスタードソースでございます」

「ああ、悪かったね。すっかり仕事の邪魔してしまって——うん、これはうまそうだ」

「いいえ、とんでもない。気にかけてくださってありがとうございます。……どうぞごゆっくり。これ食べて体力つけて忙しいの乗り切ってくださいね」

まだ客が田中しかいないとあって、すっかり話し込んでしまったが、これから今日一番の忙しさになるランチタイムである。案の定というように、皿を田中の前に置いた瞬間から、次々に客が入り出す。

「こんにちは！　いらっしゃいませ！」

ＨＡＮＡの中に芽の声が響き渡った。

「……きちんと丁寧にアクを取って……そう、レードルをうまく使って、外側にアクを追いやってからとるといい」

今日はフュメ・ド・ポワソンという魚のブイヨンのとり方を教えてもらっている。

近頃夜のメニューにブイヤベースがのることも多く、それに芽の実家は漁師町ということもあって魚料理はとても好きだ。

一虎のブイヤベースはその日に使う魚のアラでとったフュメ・ド・ポワソンを使用することで、さらにコクのある味になっている。

「そう、ゆっくり……焦らなくていいから。一気に濾《こ》さない。……ああ、それでいい」

ゆっくり濾すと、だしが濁らないのだそうだ。

レードルを持つ手がふるふると震えるが、慎重に、一虎の言うとおりにした。

すべてを濾し終えて、濾し網に残った材料のだしの一滴まで出し切るように放置する。

濾し網を除《の》けると、寸胴の中には美しい色のスープが輝いていた。

「どうだ？　自分でとったブイヨンは」

ブイヨンの入った小皿を味見しろとよこされる。芽は受け取って、小皿におずおずと口をつけた。

「あ……おいしい……！」

一虎がつきっきりで、手取り足取り教えてもらったのだから当然と言えば当然なのだろうが、はじめてとったブイヨンがこんなにおいしいなんてと感激する。

「どれどれ」

芽が持っていた小皿を奪い取ると、一虎もそれにブイヨンを掬《すく》い入れ、口をつけた。

（あ……）

間接キス、とふとそんなことを考えてしまい、芽はふるふると頭を振った。そんなことを考えるなんて、とんでもない。恩人に向かってこんな不埒《ふらち》なことを思うなど、罰当たりにもほどがある、と芽は自戒した。

そんな芽のことなどつゆ知らずという一虎は、小皿の中のブイヨンを啜《すす》るようにして口の中に入れ、味わっている。

「ど、どうですか」

心臓をドキドキと鳴らしながら芽が聞く。心臓がドキドキとしているのは緊張だけではなかったかもしれないが、はじめて自分でとったブイヨンの味は、一虎の舌にどう判断さ

れるのだろう。

「……まあまあだな」

その言葉を聞いて、芽はうれしくなる。ほっと大きく息を吐いた。

「俺が口を出さなくても、このくらい作れるようになるのが目標だ」

それを聞いて芽は苦笑する。確かにそうなのだ。下ごしらえの仕方……たとえば、煮る前のアラの処理の仕方など、今日はすべて一虎の指示のまま、芽は手だけ動かしていたに過ぎない。次に同じようにできるかというと、やはりそれはできない可能性のほうが大きかった。

「けど、今日のこのブイヨンはせっかくとったことだし、こっちに置いておこう。あとでこれを使って夜食を作ってやるから」

一応まあまあとは言われたものの、やはり客の前にはまだ出せないらしい。芽も味わったときに思ったが、おいしかったのはおいしかったが、一虎のものとは雲泥の差だった。

同じ工程を踏んでいたのに、あの差はなんなのだろう。

改めて、彼のすごさを思い知る。

と同時に、ますます自分がこの店で働けることの幸運を感謝したくなった。

ディナータイムになると、藤尾が現れた。

「豆柴ちゃーん、そこで田中さんと町会長に会ったから一緒に来たんだけど。予約ないけど三人、大丈夫かしら？」

「藤尾さん、こんばんは。はい、今日はカウンターでもテーブルでも大丈夫ですよ。どちらのお席にしますか？」

「そうねえ、じゃあ、テーブルにしようかな。今日はブイヤベースある？」

「ええ、ありますよ。ホウボウとカサゴが入ってきたので」

「あら、いいわね。じゃあ、ワインは白かしら」

「この前、酒屋さんが仕入れすぎた白があるって言って持ってきたのがあるんですけれど、いかがですか？　ミュスカデなんですが」

芽もＨＡＮＡに来て一ヶ月ほどが経ち、ワインも少しだけ勉強しはじめた。赤ワインの味はまだよくわからないが、白ワインは口当たりのいいものが多く、おいしいと思う。

そのうち赤ワインの味もわかってくるのだろうか。

「じゃあ、それをお願い。あとはパテと、それから……」

トマトのファルシを、とオーダーされ、それを一虎に伝える。

早速、ワインを藤尾たちのところに持っていき、確認してもらってコルクを抜いた。

このコルク抜きもはじめは下手くそだったが、最近はようやくスムーズに抜けるようになってきた。

「豆柴ちゃん、成長したわねえ……」

しみじみと藤尾に言われ、芽は笑顔になる。

「藤尾さんのおかげです。藤尾さん、たくさんワインのコルク抜かせてくれるし……」

芽が言うと、田中と町会長が大笑いする。なぜ笑うのかわからず、芽はきょとんとした顔になった。

「やだ、それってあたしが大酒飲みってことじゃない」

藤尾がそう言って、ようやく芽は自分の言葉の意味が理解できた。

「あああ！　藤尾さん、すみません！　そういう意味じゃなくて……！」

あわあわと芽が取り繕うように言う。が、田中と町会長は「豆柴くん、気にしなくていいよ。だって本当のことだしねえ」と笑っている。

「わかってるわよ。冗談よ。二人も言うとおりあたしは酒飲みですから。あたしの酒が豆柴ちゃんの成長の糧になっているかと思うとうれしいわ。ますます張り切って飲まなくちゃ。――で、今日は豆柴ちゃんのコルク抜きの練習に付き合うってことで、このワインは町会長の奢《おご》りでいいのよね？」

うふふ、と藤尾が艶《あで》やかに笑う。やはり転んでもタダでは起きないのが彼女だ。

え、と鳩《はと》が豆鉄砲を食らったような顔をしている町会長を前に、すかさず藤尾は厨房の一虎に向かって「虎ちゃーん、今日は町会長の奢りよ！」と声をかけた。

今夜もＨＡＮＡは賑《にぎ》やかになりそうだ、と思ったところで田中が芽をそっと呼ぶ。

「なんですか？」

「いや、この間のあいつのことだけど、ここに来た？」

田中が言うのは例の隼人ではないかという、胡散臭い男のことだろう。

あれからしばらく経つが、男は現れない。田中のところに注文品を取りにくる予定だといった日付からも、もう一週間ほど経とうとしていた。

芽は首を横に振る。

「そうか……。注文の名刺を取りにきたときに、虎ちゃんの言うように伝えてみたんだけどね。あのときは結構食いつき気味だったのになあ……」

「…………」

芽には答えることはできなかった。が、それと同時に、どこか心の中でほっとしたような気持ちにもなる。

このまま隼人に会えなくてもいいし、自分はここで楽しくやっているのだから、彼とのことは――金のことは悔しいものの――思い出したいとも思わなかった。

「あまり役に立てなかったみたいだね。ごめんね。やっぱり名刺を取りにきたときに首に縄でもつけて引っ張ってきたほうがよかったかもしれない」

田中が申し訳なさそうに言うので、芽は自分の顔の前で手を振る。

「そ、そんな……！　もう、いいですって。お気持ちだけで俺、十分ですから」

「そうかい？　じゃあ、また万が一でも見かけたときには今度こそちゃんと教えるからね」

「すみません……」

これ以上は迷惑をかけられない、と芽は恐縮してしまう。だが、それだけみんなは自分のことを考えて心配してくれている。ありがたいことだ。

藤尾たちのワインボトルがそろそろ一本空きそうになった頃、店のドアが開いた。

「すみません、こちらのシェフにお話を」

そう言いながら姿を現したのは、ずっと芽が捜していた隼人その人だった。

だが、彼は芽の顔を見ても反応がない。まったく気づいた様子がなかった。

「あの……？」

「あっ、す、すみません……」

動揺して芽の受け答えがしどろもどろになる。

芽の様子がおかしいことを察したのか、一虎が厨房から出てきた。

「いらっしゃいませ。私にご用とか」

隼人は作り笑顔を浮かべ、そつなく一虎に一礼すると、ポケットから名刺入れを取り出し、その名刺を差し出した。

「お仕事中、大変失礼いたします。私こういう者で、先日田中印刷様からご紹介を受けまして参りました。また改めてお話させていただけたらとは思いますが、本日は食事をと思いまして。なんでもこちらのお料理がとてもおいしいと評判でしたから――ああ、田中さん、先日はありがとうございました」

田中の姿を見つけて、声をかける。田中も愛想笑いをしながら会釈していた。そしてすぐさま一虎へ営業トークをはじめている。

ペラペラと口がよく回るのは相変わらずだ、と芽は一虎と隼人が話すのを聞いている。

厨房の陰に引っ込んで、とりあえず心を落ち着けることにした。このままでは仕事にならない。

手が冷たくなって震えているのが自分でもわかる。

いざ隼人を目の前にするとなにも言えない。

(忘れられてた……いや、違う。はじめから眼中になかったんだ……俺の存在なんか、隼人にははじめからなかったんだよね……）

おおかた、芽の顔は小銭にでも見えていたのか。こんなに間近でしかも顔を合わせて話をしても、彼はまったく芽に気づきもしない。

せめて少しは慌てるとか、焦るとか、そういう反応があったなら、いくらかは怒りもできるかもしれないが、それ以前のことだったらしい。

きっと芽から金を騙し取ったことすら覚えていないのだろう。

「あいつか？」

厨房に戻ってきた一虎に聞かれ、黙って頷《うなず》く。

「大丈夫か」

気遣うような声に、小さく「はい」とだけ答えた。

隼人が頼んだのはブイヤベースらしい。

「芽、これを使うぞ」

一虎が芽のとったフュメ・ド・ポワソンの鍋を手にした。

「え……どうしてですか」

隼人には一虎のフュメ・ド・ポワソンを使ったものを食べてもらいたくないということなのか。それはなんとなくわからないではないが、だからといって、芽の練習で作ったものを出してそれでいいのだろうか。

「これは……おまえが必死にここで頑張ってきた努力の証《あかし》のようなものだろう？　これを食べてもらって、おまえの気持ちをきちんとあいつに伝えろ」

いいな、と一虎に言われる。だが、芽は素直に頷くことができなかった。

ほんのちょっぴりでも隼人が自分のことを思ってくれていたら、と期待をしていたのに、それが粉々に打ち砕かれてしまった。芽などただの道端の石ころのようなものだったのかと思うと、悲しくなる。

心の中に微《かす》かに残っていた、淡いきらきらした思い出すらも無残に踏み潰《つぶ》されたように思えて、立っていられなくなるくらい身体に力が入らない。

けれど、今は仕事中だ。

できるだけ自分の気持ちを殺して、仕事に徹しようと努力する。

ただ、藤尾たちのところにワインをサーブしに行ったところ、彼らに心配そうに見つめられ、泣きそうになってしまったけれど。

「芽、ブイヤベースだ」

芽のフュメ・ド・ポワソンで作った一虎のブイヤベース。

未熟な部分は一虎がカバーしてくれているはずで、きっととてもおいしいに違いない。

できあがったブイヤベースをぼんやりと見つめる。エビ、ムール貝、ホタテ、ホウボウにカサゴ、アサリとたっぷりと海の幸が入った一皿だ。ほんのり香ってくるのはペルノというアニスを使ったリキュール。これが魚介にはとても合い、ブイヤベースの味を引き立てるのだと聞いた。

ぎゅっと芽は唇を噛《か》む。

存在すら認識されていないのに、自分がとったブイヨンを使った料理を出しても彼の胸に響くわけがない。

悔しくて、悔しくてたまらなかった。

「…………」

ふと、目に入ったのは、チリパウダーの容器。

芽の手がその容器に伸びる。

だが、容器を掴《つか》もうとしたそのとき、一虎の手が芽の手首を掴む。

「やめておけ」

一虎に止められて、芽は顔を上げる。一虎が首を横に振った。

「……でも」

この気持ちをどうしたらいいのかわからない。ただ、悲しくて……悲しくて。

きゅっ、と唇を強く噛む。

「気持ちはわかるが、やけになるな」

彼には芽のしようとしていたことがわかったらしい。ブイヤベースにチリパウダーを入れようとしたことを。

「芽の悔しい気持ちはわかる。だが、それをしちまったら後悔するのはおまえだ」

静かに、けれど厳しい声で一虎が言う。心底芽のことを心配している、そんな声だった。

ようやく離された手のその行き場がなくて、空をさまよう。まるで自分の気持ちと同じように。

「一虎さん……俺……」

泣きそうになるのをこらえているせいで、声が震える。

「あいつはおまえが悲しむ価値のない男だ。それにこれはせっかくおまえがとった大事なブイヨンを使ったんだ。これを粗末にするのはおまえ自身を粗末にしているのと同じだぞ。あんなのをまともに相手にしたらおまえの価値が下がる。芽があまりにも変わったから、あいつも気づかなかったんだろう。だから堂々と出してこい」

穏やかに……芽に言い聞かせるような、そして勇気をくれる言葉。

見上げて一虎の顔を見ると、ふわりと微笑《ほほえ》んでいる。温かく見守ってくれるような。

一虎に言われてこくりと頷く。

芽のことを見てもわからなかったのは、もしかしたら隼人に騙されていたときの芽と今とは違った印象を彼に与えているのかもしれない。

北海道にいたときには自分に自信がなくて、いつでもおどおどとしていたけれど、今は違う。自分でも変わったと思うくらい、毎日笑って大きな声を出して、そして胸を張って生きている。

——あいつはおまえが悲しむ価値のない男だ。

一虎はそう言ってくれた。だとすると、芽は少し自信を持っていい。彼が芽のことを多少なりとも認めてくれている、そう思うと曇っていた心に一筋の光が射す。

すっと芽は背筋を伸ばした。

皿を持って、笑顔を作る。とびっきりの笑顔を。

「お待たせしました。ブイヤベースでございます」

芽が皿を置くと、隼人はすぐさまスプーンでスープを掬い、口に入れた。

「なるほど評判どおりですね」

隼人はカウンター越しに蘊蓄《うんちく》を一虎にペラペラと言う。マルセイユで食べたブイヤベースがどうのとか、香りづけのペルノがないとブイヤベースじゃないとか、どこからか仕入れた薄っぺらい情報を口にしていた。

（本当にバカだったな……俺）

あのとき藤尾に助け船を出されなかったら、一虎に雇ってもらえなかったら、自分はいったいどうなっていたんだろう。

サラ金でお金を借りて、バイトでしか働けなくて、きっと借りたお金を返すのもやっとで……いや、返すことができているならいいけれど、それすらできなかったら。

それに、前の職場にずっといられたとしても、毎日こんなに楽しく働くことはできなかったはずだ。いじめに遭って、辛《つら》くて惨めで……そんな日々を過ごしているだろう。

そんなことをつらつらと思っていたそのときだ。

隼人と話をしていた一虎が、「芽」と呼んだ。

え、と思いながら、一虎のほうを見ると、手招きをしている。

ごくりと息を呑《の》みながら、おずおずと足を進めた。一虎は厨房から出てきて芽の腕を引く。そうして隼人の前に立たせた。

「この子のことを覚えているか」

隼人に聞くが、はじめ彼はきょとんとした顔で、首を傾《かし》げていた。しばらく隼人はじっと芽の顔を見ていたが、ようやく思い出したのか顔が青ざめはじめる。

「え……なんで、おまえ……こんなとこに……」

ガタ、と椅子《いす》を鳴らし、隼人が立ち上がる。

動揺しているのかおろおろと狼狽《うろた》えて、目が泳ぐ。

情けない男だ、と芽は内心で溜息《ためいき》をついた。こんな男に惚《ほ》れて、こんな男のために自分は金を貸したのかと思うと、自分で自分を殴りたくなる。

どれだけ自分の目が曇りきり、視野も狭くて、なにも知らない無知な人間だったか。

「……そのブイヤベースのだしは俺がとりました。隼人さんを捜して一文無しになった俺を、ここの一虎さんとそれからそちらにいる皆さんが助けてくれて……。それでここで働かせてもらってます」

これまでのいきさつを芽は話したが、隼人は「だからなんだよ」と鼻を鳴らす。

「隼人さんに貸したお金は、俺の全財産でした」

「だからなんだってんだよ」

「借用書、まだ持っています。俺には返してもらう権利があるはずです。貸したお金を返してくれるなら、警察には通報しません。だから……」

それを聞いた隼人はゲラゲラと大きな声で笑った。

「その借用書とやらを俺が書いた証拠があるというのか。っていうか、俺はおまえなんか会ったこともないけどな」

にやりと笑う。

え、と思っていると、背後で藤尾たちが「いまさらしらばっくれるつもりなわけ？　どうせ豆柴ちゃんに名乗っていたのも偽名かなんかなんでしょ。卑怯《ひきょう》だわ」と話をしている。

この期に及んで隼人は芽のことなんか知らないと言い張るつもりらしい。

借用書のことも、芽に名乗っていたものが偽名なら、効力はないのかもしれない。となるとあんなものは紙切れ同然だ。

なにも言えなくなった芽の代わりに口を開いたのは藤尾だった。

「あんたが騙したのはこの子だけじゃないでしょ」

「なにを根拠に」

いったんは顔色をなくしていた隼人だったが、形勢が悪くないとでも思ったのか、はたまた開き直ったのか、動揺を見せることはなかった。芽の側に証拠がないとわかれば、知らぬ存ぜぬを貫き通せばそれでいい。

「この子の他にも、あんたの名刺を持ってきた子が何人かいたわ。この近所でこんな会社は知らないか、って」

「ふうん、それで？」

「それで、じゃないわよ。まったく、いけしゃあしゃあと。あの子たちはきっと泣き寝入りしたんだろうと思うと腹も立つってもんよ。こんなことならあのときもう少し聞いてやるんだったわ。よりによってあんたみたいな小悪党に金を騙し取られたなんて」

にやにやと隼人は笑っているだけで、どこ吹く風と言わんばかりだ。

芽だって悔しい。せっかく本人が目の前にいるのに、金を返してもらうどころか謝る気配すらない。反省の色もまったく見えないとなると、自分の情けなさは棚に上げて、怒りすら覚えてきた。

気障《きざ》ったらしく、髪の毛をかき上げてニヤニヤしている。そのとき彼の手首——シャツの袖を見て、芽はハッとし、目を丸くした。

そしてすぐさまつかつかと隼人に歩み寄ると、いきなり彼の左手首を摑んだ。

「なっ、なにするんだ！」

隼人が力ずくで芽の腕を振り払う。

「あの……会ったことがない、っておっしゃっていましたけど、そのカフリンクス、俺があげたものですよね」

芽はシャツの袖口を指さした。

「カフリンクス……？」

隼人は怪訝《けげん》そうに自分の袖口へ目をやる。

そこにはシルバーに白蝶貝《しろちょうがい》を組み合わせた、凝った意匠のカフリンクス——いわゆるカフスボタン——があった。そのカフスボタンは芽が彼の誕生日に奮発してプレゼントしたものだ。

「ええ、そのカフリンクス……カフスボタンです」

「こ、これはどこで買ったんだったかな。たぶん、どこかのショップで買ったと思うが。たかがカフスボタンだろうが」

「たかがって。——それは限定品で……出回っているのは二十個しかないもので、それにすべて販売履歴が記録されているものなんです。……俺があなたの誕生日プレゼントにあげたの覚えてますよね？」

じっと隼人の目を見ながら、芽は詰め寄った。

芽の勤務していた百貨店でオーダーメイドスーツのオリジナルブランドを立ち上げるにあたって、海外の有名宝飾ブランドに依頼し、百貨店限定でのカフスボタンを販売することにした。全店舗で二十個しか販売されなかったそれは、主に外商を通じてのお得意様向けのもので店舗で売られることはなかった。芽は偶然キャンセルが出たお客様の分を買い取らせてもらい、隼人にプレゼントしたのだ。

薄給の芽には高額の買い物だったが、はじめての恋人に喜んでもらいたくて、なけなしの金をはたいた。

二十個しかないものだし、芽以外は外商を通じて販売されたため、販売履歴を調べれば、誰の手に渡ったのかわかる。

「そ、そんなの……ッ」

隼人の顔色が失われていた。しらを切れば芽などどうにでもごまかせるとでも思っていたのに違いない。確かに少し前の芽ならただ泣き寝入りをしていたと思うが今は違う。

周りにこんなに味方がいる。以前とはまるで違う。

隼人は慌てて芽に背を向けるなり、逃げようとした。が、次の瞬間、一虎は彼の腕をがっちりと掴んだ。

「逃げるな」

隼人はじたばたとしていたが、一虎の力はとても強く、身動きが取れないようだった。

「お、おいっ！　乱暴するな！　警察に通報するぞ！」

隼人はそう言って脅してきたが、警察を呼ばれて困るのは自分だろうと芽は呆《あき》れる。

「おい！　放せ！」

隼人が一虎から逃れようと、暴れている。

「田中さん」

一虎は暴れる隼人をよそに涼しい顔で、田中に向かって声をかけた。

「なに？」

「彼が田中さんのところで書いた発注書って残っていますか？」

「え？　あ、ああ。あるよ」

「手書きで彼が書いたんですよね？」

「そうだけど。……ああ、そういうこと」

田中は一虎の言葉にピンときたらしく、ニヤリと笑った。

「ええ。芽は借用書を持っているっていうし、筆跡鑑定でもしてもらえばこいつが本人だってわかるでしょう——ということだから……おい、どうする？　おとなしくするか、警察呼ぶか、好きなほうを選ばせてやるが」

なるほど、とみんなが感心した。

いくら偽名を使っても、筆跡は変えられない。だとすればこのまま警察に突き出せば、警察のほうでいろいろ調べてもらえるだろう。

一虎に選択を迫られた隼人の顔は再び青くなった。どうやら警察を呼ばれるより、おとなしくしたほうがいいと判断したのか。それとも自分の悪事を暴かれることへの不安からおとなしくなったのか定かではないが。

いずれにしても先ほどまでの勢いはどこへやらというように、がっくりと肩を落とし、とたんに借りてきた猫のように静かになった。

一虎はこれなら逃げ出すこともないだろうと、隼人の身体を少しだけ自由にする。だが、逆上してなにかしでかしたらことだから、一虎は隼人の側《そば》から離れなかった。ただ逃げだそうにも店のドアの側には町会長が仁王立ちになっているから、とても無理だろう。

「芽に謝れ。そして金を返すんだ」

一虎が言うと、隼人は一虎の腕を身体を動かして振り払う。

「うるさいなあ！　だからなんだってんだよ。そいつが勝手に俺にのぼせ上がって貢いだだけだろうが！　俺は一言も貸してなんて言ってないからな。困ってるって言ったら、金差し出したのはそいつだからな。あんたたちもこのカフスボタンのこと聞いただろ。こいつが俺に惚れてホイホイ貢いだだけだ。金だってそうだろうが。まったくちょっと可愛いだの、好きだよと言っただけで、恋人になったと思い込んでこんなところまで追いかけてきて。ストーカーかよ。こっちのほうがいい迷惑だっての。身体の具合がいいならともかく、セックスもさせねえし、金も持ってねえし、田舎もんが思い上がるなよな」

隼人は開き直ったようにふんぞり返ってそう言った。

その言葉に芽はがっくりと項垂《うなだ》れる。全部本当のことだがそれだけに芽の心に大きく突き刺さる。心臓にナイフを突き立てられたような気分だった。

「ちょ……！　あんたねえ！」

藤尾がつかつかと隼人のところに歩み寄る——と思ったとたん、大きな鈍い音がして、隼人の身体が大きく吹き飛んでいた。

え、と芽が視線を動かすと、隼人が頬《ほお》を押さえて床に転がっているのが見えた。

「虎ちゃん！」

町会長の声に今度は一虎を見る。彼は拳《こぶし》をぎゅっと握りしめ、隼人のほうを冷たい視線で睨《にら》みつけていた。

一虎が隼人を殴ったのだ。

隼人はかなり痛いのか、頬を押さえて顔を顰《しか》めている。彼の頬が赤く腫《は》れ上がっていた。

彼はさらに隼人へと足を進め、しゃがみ込むなり、襟首を摑み締め上げる。

「一虎さん！」

芽は慌てて、一虎へと駆け寄った。

「もう、もういいです。ごめんなさい。俺のために……もういいんです。隼人さんが言ったのは本当のことですから」

芽が一虎を引き剝《は》がすようにして腕を引く。

一虎は芽へと顔を振り向ける。芽は一虎の目を見て首を横に振った。

「一虎さん！　一虎さんが殴る価値なんかないです。……もういいですから。もう……」

芽はそうして、まだ襟首を締め上げられている隼人に向かって「出て行ってください」と静かに言った。

「う、うるせえ！　つか、なんなんだよ。いいからこいつ早くどうにかしてくれ」

いまだ一虎によって身動きが取れなくなっている隼人は芽に顎《あご》で指図する。一虎から解放してくれと言っているのだ。

「一虎さん、放してあげてください」

お願いします、と芽が頭を下げると、ようやく一虎は隼人を解放する。

隼人はよろよろと立ち上がった。

「なんだよ、ここは。暴力レストランかよ」

あくまでも悪態をつき続ける隼人に、芽はほんの僅《わず》かでも期待をしていた自分のことが情けなくなる。そして一虎に隼人を殴らせてしまったことも申し訳なく思ってしまった。

「すみません。一虎さんは俺のことを心配してくれただけなんです」

芽は頭を下げた。

外野は「豆柴ちゃんが謝ることなんかないわよ」だの「さっさと交番に連れていけ」だのと、やいのやいの言っているが、芽は頭を横に振った。

「……ったく、金返せばいいんだろ。返すよ。たかが五十万ぽっちのはした金」

ちっ、と舌打ちをする隼人に芽は「いえ、結構です」と断った。

「お金は返してもらわなくていいです。……隼人さんがおっしゃるように、俺が田舎者だったから……世間知らずのバカだったから。それをあなたに教えてもらったということで、そのお金はもういいです。返せなんてもう言いませんから。……しつこく追いかけてすみませんでした」

芽の言葉を隼人はそっぽを向いて聞いていた。パンパンと服の埃《ほこり》を払いながら。

「金はいらないって。あっ、そう」

フン、と鼻を鳴らし、隼人は勝手にコートハンガーからコートを外すと、それを着込む。

「あの、ひとつだけ聞かせてください」

芽はコートに袖を通している隼人に声をかけた。

「ああ？　なんだ？」

鬱陶《うっとう》しげに芽を見やる隼人に向き直る。

「俺のこと、どう思っていましたか」

「どう？　どうってなに」

訝《いぶか》しげな目を隼人は芽に向けた。

「その……今ではなく、あのときは少しでも好意を持ってもらえていたのかとか……」

おずおずと告げると、隼人は再びフン、と鼻を鳴らした。

「少しはね」

そう彼が口にして、芽がいくらか気持ちをホッと落ち着けていると、すぐさま彼はにやりと笑った。

「――なんて言うと思ったのか。だから騙されるんだよ。はなからそんなこと思うわけないだろうが。おまえのとこの上得意客と知り合いになるために利用しただけさ。招待販売会ってのはやつらも一番油断するからな。そこに紛れ込めさえすればよかったんでね」

それを聞いて芽は、ああ、とすべてが腑《ふ》に落ちた。

招待販売会に紛れ込むことで隼人は百貨店の上客、すなわち金を持っている客と顔見知りになり、そこでカモを見つけようと思ったのだ。芽は御しやすいと考え、その招待状を得るために利用したに過ぎない。

たとえば宝飾品売り場は扱う品が品だけに、芽のようなぼんやりとした社員はいない。百戦錬磨のベテラン社員ばかりだ。きっと彼は百貨店をぐるっと回り、芽に目をつけた。

そしてまんまと芽は引っかかり——用がすめば、おさらばだ。

高いスーツを何着も作ったり、羽振りよさげに金を使ったのも、そこまで投資してもその何倍、何十倍も金を騙し取る自信があったのか。……きっとそうなのだろう。

「おまえのような見た目も地味だし、やらせてもくれないやつに好意なんか抱かねえよ。ま、じゃ、お言葉に甘えて金はもらっとくわ」

あんなはした金とっくにねえけどな、と隼人は笑いながら身体を翻した。

「もう……二度とここに来ないでください。このお店にも、それからこのご近所にも二度と……」

最後の最後で聞かなければよかった、と芽は思った。

よけいなことを聞いたあげく、また自分のことを傷つけた。聞かなければ、もう少し傷は浅いところで留《とど》まってくれたかもしれないのに、とどめを刺された気分になる。

隼人の言うとおり、だから騙されたんだな、と改めて自己嫌悪に陥った。どこまでも見る目のない自分に嫌気がさす。

自分だけならまだいい。

こうして、みんなを巻き込んで、迷惑をかけて、いったいなにをしたかったのだろう。

一虎の大事な手に拳まで作らせて。

「はあ？　勝手に追いかけてきたくせに。田舎者は田舎でおとなしくしてりゃいいものを。それよか、おまえそこのイケメン店長とデキてんのか？　そんな顔してあんなイケメン捕まえられるくらい、本当はあっちのほうがよかったってことか。地味なやつほど淫乱っていうし、だったら無理やりでも一発やっときゃよかったか」

ハハ、と下品に笑う。

今度は芽の堪忍袋の緒が切れる番だった。

一虎に殴られて腫れていた隼人の頬を芽は平手で力いっぱい、大きな音がするほど叩《たた》く。

「謝ってください！　俺はなにを言われてもいいけど、一虎さんに謝って！　じゃなかったら、で……出ていってください！　早く！」

もう隼人の顔は一秒だって見たくなかった。

唇が切れそうになるまできつく噛んで、芽は店のドアを開け放った。

冷たい風が店の中に流れ込んでくる。

「……ったく胸くそ悪い。言われなくてももうこねえよ。あー、ケチついちまった」

ちっ、と盛大に舌を打って、隼人は去っていく。

震える手でドアを閉め終えると、芽はみんなのほうへとくるりと向き直った。そうして深々と頭を下げる。

「……本当に……本当にご迷惑をかけました。ごめんなさい……俺のせいで、皆さんに嫌な思いさせてしまって……ごめんなさい」

顔を上げられなかった。

ただただ、申し訳なさでみんなの顔が見られなかった。

あんな男のために上京してきたなんて自分はバカだった、と芽は思い知る。心のどこかで期待していた自分にも呆れてものが言えない。

それだけでなく、みんなからおいしい食事のための大事な時間を奪い取ってしまったことや、せっかくの一虎の料理も台無しにしてしまったこと、それからそれ以上に不快な思いをさせてしまったこと……数え上げたらきりがない。

ここにはみんな楽しむためにわざわざお金を払ってきているというのに、すべて自分のせいでめちゃめちゃにしてしまった。

なにより自分を雇ってくれた一虎に迷惑をかけてしまったことが一番辛い。

ごめんなさい、と謝ったところで水に流れるわけでもなく、けれどそれ以上にできることは芽にはないのだ。

「一虎さん、本当にすみませんでした。……あの、これで全部解決したので、俺……」

ここを辞めて北海道に帰る、と彼に告げようとしたそのときだった。

「解決なんかしてないわよ」

藤尾の声が聞こえた。

え、と頭を上げる。

「藤尾さん……？」

藤尾だけでなく他のみんなもうんうんと頷き合っていた。

どういうこと？　と思っていると、町会長が一枚のカードのようなものを持っている。

「豆柴くん、さあさあ、これ持って明日警察署に行くよ。僕らも一緒に行くから」

目をぱちくりさせていると、一虎が「芽」と声をかけてくる。

「一虎さん」

「町会長が持ってるのは、あの野郎の免許証だ。そこに落ちてた。明日、みんなで一緒に行ってやるから、被害届出しとけ」

一虎が隼人を殴ったときに、財布が落ちて中身がばらまかれていた。たぶんその際に免許証も一緒に落ちたのだろう。落としたことに気づかずに彼は出て行ってしまった。

「このグラスもあいつの指紋残ってるんじゃないの？　このまま持っていきましょうよ」

刑事ドラマに影響を受けているのか、藤尾は「証拠保全よ」とどこか浮かれている。

「被害に遭ったのは、おそらく芽くんだけじゃないからね。芽くんはお金はいらないって言っちゃったけど、他の被害者のために情報提供だけでもしておくといいんじゃないかな？　またあいつに騙されるやつが出てくるのは芽くんも嫌だろう？」

あっという間に相談がまとまる。きょとんとしていると一虎が芽の肩を叩いた。

「それからな、いつも言っているが、誰も迷惑なんて思っていない。だからな、謝らなくていいんだ。ちょっと芽は謝りすぎだ」

ポンポンと頭を軽く叩かれる。一虎の大きな手のひらがあてがわれると、ふわりと心が軽くなり、同時に胸がきゅっと締めつけられる。温かいものが胸からこみ上げてくるような気がした。

「でも……」

「そうよ。むしろ、悪いやつを追っ払ったんじゃない。これ以上この町内に被害者がでなくてすんでよかったわよ。ね、そうよね？」

藤尾の言葉に田中も、そして町会長も頷く。

「あっ！　そうよ。忘れてたわ。虎ちゃん、塩撒《ま》いて！　塩！」

塩撒かなくちゃ、と藤尾が思い出したとばかりに一虎に指図した。はいはい、と一虎は苦笑しながら、厨房へと向かい、塩の入ったステンレスの容器を持ってくる。

その容器を藤尾は受け取ると、店のドアを開け、塩を鷲摑《わしづか》みにして、外へ盛大に撒き散らした。

「さ、飲み直しよ。豆柴ちゃん、さっきの白おいしかったから、あれをもう一本お願い。まだあるんでしょ？」

「え、あっ、はい」

さっきのミュスカデなら、仕入れ値で買わせてもらえば芽の財布もそう痛むことがない。一虎に頼んで一本振る舞おうか、と考えていると一虎がセラーからそのワインを持ってきて言った。

「これはうちが持ちますよ。これで厄落とししてください。でもワインでもいいんでしょうか？」

クスクス笑いながらワインを見せる。

「やった！　虎ちゃん、ごちそうさま。いいのよ、お酒ならなんだって神様が喜ぶわよ」

調子のいいことを言いながら、ご町内三人組は奢りと聞いて、笑顔になった。

早速、一虎がコルクを抜いて、グラスに注ぎ振る舞う。

さらに店は今日はもう貸し切りにして、ferméの札をかけてしまった。

厨房に戻ってきた一虎に芽が「すみません、本当は俺がすべきことなのに」と謝る。

「こら、また謝った。いいって言っただろう？　このくらいのことはおまえが気遣う必要なんかないんだ。だから芽は安心してここで働いていたらいい。……ただし、気に入らないっていうなら別だが？」

気に入らないなんて、そんなこと思うわけがない。

逆に離れがたくて困るくらいだ。

さっき、ここを辞めなければと決心したとき、それを言い出すことが辛くてたまらないと、すぐに口を開くことができなかった。

けれど、やっぱり自分はここを辞めたほうがいいのかもしれない。じゃないと、去るときがものすごく辛いと思うから。今でもこんなに胸が苦しくなるのに、これ以上いたら辞めるときには辛くて辛くて死んでしまいたくなるかもしれない。

答えに窮していると、「豆柴ちゃーん！」とフロアから呼ばれる。

「はい！　ただいま！」

芽は大きな声で返事をして、フロアへ飛び出した。

「芽、掃除はもういいから」

念入りに後片付けをして、隅から隅まで掃除をしている芽に一虎が声をかける。

「あ、でも、もう少しだけ。……ここんとこの汚れ、なかなか取れなくって」

椅子のクッションについた染みをなんとか落とそうと、芽は必死に洗剤をつけた布で座面を叩いている。

「こっちにおいで」

やさしい声。

その声にどきりとして、芽は手を止めた。

顔を上げると、一虎がやさしく微笑んでいる。その手に皿を持っている。

その皿をカウンターにことりと置いた。

「今日はろくにメシ食ってなかっただろう？　フュメ・ド・ポワソンの練習で」

くん、と鼻を動かすと、いい匂《にお》いが鼻腔《びこう》をくすぐった。

だが、今夜はとても食べる気にはなれなかった。

どうしよう、と思いながら、それでもせっかく作ってくれたものを一口も食べずにいるというのは申し訳なくて、芽はふらふらとカウンターへ足を向ける。

カウンターテーブルの上にのっている皿の中はリゾットだった。

「これ……ブイヤベースの……？」

「ああ。今日はおまえにブイヤベースを食べてもらおうかと思ったんだが、あいにくスープしか残らなくてね」

今夜のご町内三人組が食べ尽くしていったことを思い出す。

「そうでしたね。おかわりまでしていきましたし」

クスクスと笑うと、一虎が「あの人たちの食欲はすごい」と呆れたように言った。

「食べてごらん」

促されるままに、スプーンを持つ。

なぜだろう。あんなに食欲がなかったのに、こうして目の前に海の香りのする食べ物を出されると、口に運んでしまう。

一虎の料理は不思議だ。

料理に誘われるようにカトラリーを手にしてしまうのだ。つい今し方まで、身体が食べ物を拒んでいると思っていたのに、見ていると、匂いを嗅《か》ぐと、いてもたってもいられなくなり……そうして口にせずにはいられなくなるのだ。

リゾットを口にする。

口の中に一気に海の香りが広がった。

お米の中にぎゅっとスープが詰まって——スープを吸った米が舌の上を滑らかに踊って

いく。やや芯の残る粒を舌で潰し、嚙む。まるでスープの塊を食べているような心持ちだった。

どこか懐かしい味だと芽は思う。

以前一虎に少し話をしたことがあるが、芽の実家は海の近くで、鍋の後には必ずその残ったスープを雑炊に仕立てて食べていた。

たぶん、その味をこのリゾットが思い出させた。

「どう？」

「……おいしい……です……おいしい。俺、前にも話をしたことがありますけど、実家は海の近くで……だからこの味はとてもほっとするっていうか……」

その味を思い出して、自然に涙が出る。

「ごめんなさい……な、泣いちゃって」

ぐす、と鼻を啜り上げ、涙を止めようとする。けれど、いくら袖口で拭《ぬぐ》っても拭っても、涙は止まってくれない。

「こら、また謝った。泣きたかったら泣けばいい。芽はなんでも我慢してきたんだから、涙まで我慢をするな。泣きたいときにはちゃんと泣かないと」

一虎が芽の頭をぐしゃっとかき混ぜる。

この一虎の手に弱い。頭を撫でてくる彼の手は芽の感情をどうにかしてしまう。安心するのに、その反面、別の場所が落ち着かなくなる。

感情がコントロールできなくなって、なぜだか涙が止まらなかった。

おまけにリゾットの味が、なにも知らなかった頃の自分を思い出させる。

大学生の頃は、たくさん働いて、母を早く安心させたいと思っていたのに。それなのに、隼人のような男にころっと騙されて、ささやかなそんな目標すら打ち砕かれて。

たくさんの人たちに迷惑をかけて、世話になって——一人では解決もできなかった自分のことが本当に嫌で嫌でたまらない。

芽が泣きじゃくっている間、ずっと一虎は芽の頭を撫でてくれている。やさしい手に促されるように涙はこぼれ続けた。

「…………」

ようやくいくらか気持ちが落ち着いて、芽はぐい、と手の甲で涙を拭う。ひっく、ひっく、としゃくり上げる声は止まらない。

こんなに甘やかされる権利なんか芽にはない。こんなふうにされるとますます未練が募ってしまう。近い将来ここを立ち去らなければと思っているのに、できなくなる。

「……ありがとう、ございます。も……大丈夫です」

芽が言うと、一虎の手が離れていった。

手が離れただけなのに、それがすごく寂しい。だとしたら、辞めるときにはどれほど辛いのだろう。そう思ってまた寂しくなる。

「――――飲むか」

そんな戸惑う気持ちのまま次に告げる言葉を探していると、一虎がいきなりそう言った。

「え？」

芽は目をぱちくりとさせる。

「明日は休みだしな。藤尾さんたちじゃないが、こういう日には飲むのが一番だ。藤尾さんたちが残していったワインがあるし」

結局あの後、藤尾たちは一虎が提供したミュスカデだけでは当然足りず、さらに数本のボトルを開けた。けれどさすがに最後のボトルはほんの少し飲んだだけで、お開きになってしまったのだった。

彼女たちが残したワインは「豆柴ちゃん、飲んでいいわよ」と確かに言われたが……。

「芽は少し羽目を外したほうがいい。飲んで今日のことは全部忘れてしまえばいいんだ。おいしいワインを飲めば嫌なことも忘れられるから」

「……そうなんですか」

「ああ、俺が保証する」

だから飲もう、と珍しく強引に勧められ、グラスにワインを注がれる。

注がれたのは濃いピンク色のロゼワイン。

ロゼは製法によって、色合いが違うのだと一虎が説明した。

目の前のワインはカベルネ・ソーヴィニヨンという赤ワインを作るブドウで作ったものだという。セニエといわれる赤ワインを作る工程に近い製法で作られたロゼらしい。

乾杯、と言われグラスを掲げた。

以前に乾杯のときには目を合わせるのがマナーと彼に教わっている。だけれども今日は彼の目を見るのが辛かった。

この前二人で飲んだときには幸せの味だったが、今日のワインはどんな味がするのか。

微かな音をさせてグラスを合わせる。

じっと見つめられて、目を逸《そ》らせたくなる。

乾杯、と口にしたときだけ、彼の目を見つめ、すぐさまごまかすようにグラスの中のワインをぐいと呷《あお》った。

口の中にワインの香りが広がる。

赤ワインにも似たしっかりとした味わいなのに、赤ワインほどどっしりと重くはない。

フルーティーでふくよかな香りと味は、確かに気持ちを上向ける力があるような気がした。

「芽のいいところは」

一虎がグラスを傾けながら、口を開いた。

まだ芽は少し顔を俯《うつむ》けている。

「――みんな知ってる。お前を騙したあいつはおまえのよさを知らなかっただけだ。仕事が丁寧なことも、笑顔を絶やさないように努力していることも。――いつも見えないところまで磨いてくれて、おかげで気持ちよく俺は仕事ができている」

褒められて、芽は胸が詰まった。

「俺……ずっと失敗ばかりで……大学までは勉強していればよかったけど」

芽は今までのことをすべて吐き出す。

一虎は芽の身の上のすべてを聞くことはなかった。もちろん上京したいきさつは話したが、前の職場で辛い目に遭ったことや、職を失った原因がミスをなすりつけられたことなんかはそれほど詳しく言っていない。けれど今日はなにもかもさらけ出す。

一番辛かったときに会ったのが隼人で、やさしくされたことがうれしかった、と芽はぽつりぽつりと一虎に語る。それを一虎は黙って聞いてくれた。

「……男はあいつだけじゃないから。芽ならもっといいやつと出会える。俺が保証する」

「そうですか？　だといいな。……でも、やっぱり俺みたいなのはつまんないですよ」

顔を横に向けると思いのほか一虎の顔が近くて、ドキドキする。今日の彼はとてもセクシーだ。酒のせいだろうか。

「ん？　どうかしたか？」

「いえ……そんなにやさしくされたら、好きになっちゃいますって。ただでさえ一虎さんかっこいいのに。その上やさしいってずるいですよ」

「いいよ」

なにがいいよ、だ。そんなに軽々しく言わないで欲しい。傷ついているのにやさしくされたら、好きにならないわけがない。あっという間に恋に落ちてしまう。そしてまた勘違いをしてしまうから。

芽は必死に残っている冷静さをかき集めて一虎をじっと見る。

「一虎さん、酔ってますよね。からかうのはなしにしてくださいって」

「からかってないが。まあ、そういうことにしておいてもいいけど」

「まったく。本当は酒癖悪いんじゃないですか。……でも、ありがとうございます」

慰められて、気持ちよくなって――仄《ほの》かに甘い酒はとても口当たりがよく、それが心地よくて酒量が進む。気がつくとボトルが空になっていたが、一虎が新しいワインをもう一本開けてくれる。

とはいえ、覚えていたのはそこまでだった。

芽は酒が弱くあっという間に酔っ払ってしまい、それからのことはほとんど覚えていない。だけれども、一虎にやさしく甘やかされていたのだけは覚えている。


「芽、芽」

一虎の声が聞こえる。

「ん……」

ふわふわとして気持ちがいい。

どうやら布団の上に寝かされているらしい。一虎が部屋まで運んでくれたのだろう。

「……熟睡だな。……まあ、あれだけ泣けば疲れるだろう」

ふふ、と笑い声交じりの一虎の声が聞こえてくる。寝てないですよ、と言いたいのに、目はろくに開かないし声も出ない。ただ気持ちがいい。

一虎の声は耳に心地よくてとても好きだ。落ち着いた低音がよく響いて、聞いていると安心する。他にもなにか芽に話しかけているようだったが、ぼんやりしてちゃんと聞き取れない。けれど、次の一言は曖昧《あいまい》な頭の中にも響いて聞こえた。

「ここにいていいから」

本当? と聞き返したいのに、口が開かない。と思っていると、なにかやわらかいものが唇を塞《ふさ》いだ。一度触れて、離されて、そしてまた塞がれる。

酔っているせいで随分と自分に都合のいい幻聴を聞くものだと思った。こんな幻聴まで聞くだなんて、ひどい酔い方をしたらしい。でも、とても、うれしかった。幻聴だとしても一虎に、そう、まるで口説くみたいなことを言われてうれしくないわけがない。

「かず……とら……さ……ん?」

ぼんやりと目を開けると、一虎の顔が目の前にあった。

「起きたのか。……ゆっくり寝ろ」

一虎は芽の頭を撫でると、そこから立ち去ろうとした。けれど、もう少しだけ側にいて欲しい。夢の続きでも現実でもどちらでもいい。

「も……ちょっとだけ、いて……ください」

呂律《ろれつ》の回らない口で芽がねだる。

「……そんなこと言うと、俺だってなにするかわからないぞ」

「いいです……一虎さんなら……」

芽が言うと、一虎はふう、と大きく息をついて、首を横に振る。そしてすぐさま芽に覆い被《かぶ》さると、唇を重ねる。それはさっき感じた感触と同じ。

あれは彼にキスをされていたのだ。そう思うと、芽はカッと頬を赤くした。彼にキスをされていたなんて。その事実に思考が追いつかなくて……けれど、それは震えるような喜びを芽にもたらした。

「こういうことする、って言ってるんだ」

一虎はそう言うと、「おやすみ」と芽に言い、離れようとする。芽は一虎の首に手を回すと、「行かないでください」とねだった。

一虎は「知らないぞ」と言いながらもう一度芽の唇に唇を重ねる。それだけでなく、芽の唇の狭間《はざま》から舌を割り込ませ、芽の舌を搦《から》め捕る。彼の舌が芽の口の中を愛撫《あいぶ》し、こんなキスをされたのははじめてだと思う。

隼人とのキスはただ触れるばかりのキスで、あんなものはキスではなかったと思い知る。

「芽……忘れてしまえ。そして教えてやる。……ちゃんと、教えてやる。俺が……おまえがどれだけ可愛いのかちゃんと」

するりと背中を撫でられて、芽はびくりと震えた。ゆっくり、首筋に落ちてくる唇に、甘い息を吐く。

「あんな男のことなんて忘れさせてやるから。もう思い出さないようにしてやるから」

それからゆっくりとマッサージされるようにシャツの裾《すそ》から忍び込んだ彼の手が、芽の肌の上を這《は》い回った。とても不思議な感触。

するすると、手がいろいろなところを滑る。やがて彼の指が乳首に伸びて、そこを弄《いじ》られる。芽の背中が跳ねた。

「あっ……」

指で乳首を弄られながら、いつの間にかはだけられていた胸元へ彼の唇が下りてくる。弄られて敏感になっている乳首を今度は唇で愛される。

「……あ、……ん」

声が甘い。自分がこんな声を出すとは思わなかった。

誰かと抱き合うというのがこんなに身体を熱くさせるとは知らなかったし、乳首がこんなに感じることも知らなかった。

「……気持ちいいことしかしない。——安心しろ」

一虎はそう言うと、芽のジーンズのボタンを外し、ファスナーを下ろして下着の中に手を差し入れた。そうして半ば頭をもたげていた芽のものを取り出すと、そこを手で撫でる。

その直接の刺激に芽は思わず声を漏らした。

少しごつごつした、でもきれいな長い指が、自分のものに触って絡められていると思うだけで、芽の頭はくらくらした。

ゆっくりとそこを手で擦《こす》られて、声が漏れるのを抑えられない。

一人でしかしたことがない芽には、過ぎた刺激に喘《あえ》ぐ声を止められなかった。

「……ここ、触らせたことあるのか」

聞かれて芽は頭を横に振る。こんなことしたことない。

やがて芽のものを擦り上げる音に濡れた音が交じってきた。その音がなにによるものか、容易にわかってしまい、芽は顔を横へ背ける。一虎の顔をまともに見られなかった。

キスをされながら、焦《じ》らすようにゆっくりと擦られる。陰囊《いんのう》を揉《も》まれ、感じたことのない快感に身体を震わせる。

「あ……ぁ、あ、か……かずとらさ……ん、一虎……さ」

早く解放して欲しくて、何度も一虎の名前を呼んだ。

「可愛いよ。芽、可愛い」

可愛いと言われて、あやすように彼の手が芽の身体に触れてくる。

忘れさせてやる、と言った彼の言葉は、嘘ではなかった。なぜなら、一虎のことだけしか、考えられなかった。

身体じゅうを一虎に触れられる。——誰にも触らせたことのないところまで。

彼の手の動きが次第に激しくなって、芽はただ声を上げる。感じたことのない快楽の波に流され、飲まれていく。

「かずとらさ……」

一段と動きが激しくなって、目の前が真っ白になった。

腹が濡れているとわかったのは、その後だ。

「おやすみ」

するりと前髪を撫で上げられて、額にキスをされた後ですぐ芽は意識を手放した。

4．愛と情熱のカスレ

隼人のことも片がつき、芽は真剣に迷っていた。

目的が達成されてしまった以上、ここに残る理由はなくなってしまった。

このままここにいてもいいのか、それとも辞めるべきか、芽は迷う。

あの夜、一虎にされたことは——あれはもしかしたら夢だったのかと思うほど、その後の一虎の態度はいつもとまったく変わりなく、だからよけいに芽は迷っていた。

（……きっとなかったことにしたいんだよね）

そう結論づけるのが妥当だと、自分でも思う。

いくらなんでも自分のようななんの取り柄もない人間を、一虎は好きになってくれるはずはない。

あれはただの同情で、それにあの日は彼もかなり飲んでいて、酔っていた。お酒が入った勢いで可哀想《かわいそう》な子どもを慰めただけに過ぎないのだろう。

それでも忘れさせてやる、と言った彼の言葉どおり、芽の中から隼人という存在はすっかり消えてなくなってしまっていた。……代わりに一虎のことで頭がいっぱいになってしまったけれど。

自分がこんなに気が多い人間だなんて思わなかった。隼人を追いかけてきたはずなのに、今自分が思いを寄せるのは一虎だ。だらしのない尻軽《しりがる》と言われてもおかしくないな、と芽は苦く笑う。だから、一虎にはけっして自分の気持ちを伝えることはしないでおこう、と芽は決めた。

（お酒のせいだから……一虎さんも言ってた。嫌なことを忘れるためだけ）

最後まではしなかったが、それでも誰かの肌の温度を感じることができた。好きな人にあんなふうに触れてもらえて、ラッキーと思わなければ。

すっと深呼吸すると気持ちを入れ替えた。今日のランチタイムも相変わらず忙しい。

今日の日替わりは、スズキのポワレ。バジルソースでいただく。

「はい、スズキがおふたつですね。かしこまりました」

魚料理は女性に評判がいい。それから少し健康に気遣わなければならない世代の男性にも。おかげで今日は日替わりランチがよく出ている。いつもハンバーグを頼むような年配のお客様も「あ、今日は魚だね」とスズキのポワレを注文した。

ランチタイムのラストオーダーの時間まであと数分、となったときだ。

ドアが開いて、一人の中年の男性がひどく怖い顔をして入ってきた。

体格のいい男性だ。きっちりと仕立てのいいコートを着、ピカピカに磨かれたしゃれた靴。身なりのいい紳士然とした男性なのだが、表情はとても険しい。機嫌が悪いのだろうか、と思いつつ、とはいえ客は客だ。芽はにっこりと笑顔で紳士に声をかけた。

「いらっしゃいませ。お一人でいらっしゃいますか」

芽が訊ねると、じろりと睨みつけ「私は客じゃない」と鼻を鳴らしながら言う。

「え？」

芽が目をぱちくりとさせた。

紳士は初対面だし、だから睨みつけられることをした記憶もない。なにか気に障るようなことをしただろうか、と自分の接客を振り返ったが一言しか発していないので、やはり心当たりはない。

おまけに紳士は客じゃない、と言った。客ではないとすると、一虎の知り合いとか、業者とか……？

「あ、あの……どのようなご用件でしょうか」

芽はおずおずと聞いた。

「どけ」

紳士は乱暴に芽を突き飛ばすと、ずかずかと厨房へと向かう。

「あの！　お客様……！」

芽は急いで追いかけた。いったいこの人はなんなのだろう。

「おい！　おまえ！」

大きな声で紳士は一虎に向かって叫ぶように呼ぶ。

「……なにかご用でしょうか。大きな声を出されなくとも聞こえています」

一虎は落ち着いた声で言いながら、紳士に向き直った。

この異様な光景に、店内がざわざわとざわめく。まだ客席には数組の客がいて、不安そうに紳士と一虎を見つめている。

「父はどこだ」

「父……？」

一虎は眉《まゆ》を寄せて、聞き返す。

「ここのオーナーだ。花岡《はなおか》はどこだと聞いている。さっさと呼べ」

それを聞いて、一虎ははっとした表情になった。

側で聞いている芽は紳士の横柄な態度に腹立たしくなる。だが、紳士はここのオーナーのことを父親だと言っているからなにも言えない。

「オーナーは現在こちらにはおりませんが」

答えると、紳士は鋭い目つきで一虎を睨む。

「おまえが円城か」

「はい」

「出て行け」

唐突に紳士は一虎に出て行けと指図した。それも高圧的な態度で。

「なにをしている。出て行けと言っているんだ。犯罪者を店に立たせてはおけないだろうが。さっさとここから出て行け！」

大きな声でがなりたてるだけでなく、来るなりいきなり一虎を犯罪者呼ばわりするなんて、と芽はいてもたってもいられなくなった。

「犯罪者って！　変なこと言わないでください！」

「変なことじゃない。こいつは人を刺した犯罪者だぞ」

「嘘です！　一虎さんはそんなことする人じゃないです！」

とうとう芽は嚙みついた。とても黙ってはいられない。犯罪者というなら、この紳士こそそうではないか。名誉毀損《きそん》というのだっけ、と血が上った頭の隅で思いながら、紳士に言う。だが、紳士は芽を一瞥《いちべつ》し、相手になどしていないというように、さらに厨房の奥ま

で足を踏み入れた。

「お客様！」

自称ではあるが、いくらオーナーの息子といえど、勝手に厨房に入っていいわけがない。

芽は追いかけて紳士の腕を摑むが「うるさい！」と振り払われる。華奢《きゃしゃ》な芽は紳士の強い力にバランスを崩す。あやうく転ぶところだった。

店内は紳士が「犯罪者」と一虎を呼んだことでひどく動揺していた。

そそくさと「ごちそうさま」と会計をすまして帰る者もいれば、ひそひそと小声でなにかを会話している者もいる。

なぜこのようなことを言われなければならないのか。

「ぼさぼさするな！　ここはおまえの店じゃないだろう！　早く！」

激昂《げっこう》し、手がつけられないという有様で、まったく取りつく島がなかった。

「お客様、大変申し訳ありませんが、まだ営業中です。私は逃げも隠れもしませんから、とりあえずあと三十分ほどお待ちいただけませんか。じきに昼の営業も終わりますのでそれまでは。いらっしゃるお客様にご迷惑になりますので。お願いいたします」

一虎が深々と頭を下げる。

だが、紳士は「冗談じゃない！　一秒たりともこの店に犯罪者を立たせておくわけにはいかんのだ」と今にも一虎に摑みかからんばかりの勢いだった。

　どうしよう、と芽はおろおろとする。

　大声でわめきちらす紳士を誰もが遠巻きに見つめていたとき、店のドアが開いた。

「久通《ひさみち》くん！」

　久通という名前を呼びながら現れたのはＨＡＮＡの裏にあるベーカリーの主人の森川《もりかわ》だった。森川のベーカリーからＨＡＮＡはいつも店で使うバゲットを仕入れているのだが、騒ぎを聞きつけてきたのか姿を見せる。

「久通くん、ちょっと落ち着いて。虎ちゃんは花岡からこの店を任されてるんだ。いくら久通くんでも勝手に虎ちゃんに出て行けって権利はないよ」

　どうやら森川はこの紳士のことを知っているらしい。

「森川さん、あんたには関係ないだろう」

「関係ないわけないだろう。僕も花岡からこの店のことを頼むって言われてるんだよ。それに関係ないっていうなら久通くんのほうだよ。十年も帰ってこなかったのはきみじゃないか。ともかく、ここできみが大声出していてもただの営業妨害だ。いい大人なんだし、虎ちゃんが待ってくれと言うなら待ちなさい」

　きっぱりと言ってのける森川に久通、と呼ばれた紳士は憤懣《ふんまん》やるかたない、という表情を浮かべた。それでもまだなにか言いたそうにしている。

するとまた店のドアが開いた。

「虎ちゃん！　大丈夫か……！」

はあはあと息を切らせてきたのは、町会長と稲森だ。こちらも誰かが呼んできたのだろうか、慌ててやってきたようだった。

町会長は久通を見て「暴れてる男がいるっていうから稲森さんも一緒に連れてきたんだが、なんだ久通くんか。あんた今頃なにしにきたんだい」と呆れたように言う。

久通は町会長を見て、眉を寄せる。

「これ以上騒ぐようなら、お巡りさん呼んでくるけどいいかい？　町内のトラブルを黙って見過ごせないからね。これは虎ちゃんは関係ないから」

毅然《きぜん》とした態度で町会長が言ってのけると、久通はギリと歯噛みした。

「久通くん、ひとまずここは出て行こう。きみも警察なんか呼ばれたくはないだろう？」

警察、という言葉に臆《おく》したのか久通はいくらかおとなしくなった。

「とにかく、久通くんと話をしてくるから。豆柴くん、虎ちゃんのことよろしくね」

そう言って、森川と町会長は久通を力ずくで引っ張って店から出ていく。

なんとか騒ぎは収まったが、客には不快な思いをさせたということで芽は客に「すみません、お騒がせしました」と頭を下げまくった。

中には「シェフ、人刺したってマジ?」とこそこそ聞いてくる客もいたが、「まさか!そんなことありません。誤解ですから」と芽は否定する。

あの久通という紳士が言ったことを芽は信じない。

だが、一虎は自分の過去を話したがらない。星付きのレストランにいたということも隠していたが、そのこととさっきの久通が言った「人を刺した」という言葉となにか関係があるのだろうか。

それでもなんとかすべての客を送り出し、ferméの札をかけた。

ほぼ昼の営業が終わる時間だったから、すべての料理は出し終わっていたし、それ以上には客に迷惑をかけずにすんだのが不幸中の幸いか。

「一虎さん……」

久通が去った後、口を閉ざすように黙りこくってしまった一虎は後片付けをしている。

芽は「ferméの札、かけてきました」と彼の背中に声をかけた。

「……悪かったな。騒ぎに巻き込んだ」

そう言った一虎はいつになく憔悴《しょうすい》しきって、疲れているように見える。こんな彼を見るのははじめてだった。

「いえ……気にしないでください。でも、あの人ひどいですよね。よりによって犯罪者だなんて」

芽が言うと、一虎は悲しげな笑みを浮かべる。

「俺が人を刺したと言ったら信じるか」

ともすれば自虐的にも思えるような口調で一虎が言う。こんな言い方をする彼も見たことはなかった。やはり様子がおかしい。

けれど、と芽は首を大きく横に振る。

「信じません。絶対。一虎さんはそんなことする人じゃないです」

はっきりと一虎の目を見て言い切る。

「……そうか」

その声もやっぱりいつもの一虎とは違っているような気がした。


いつもの休憩時間とは違ってひどく空気が重い。

「久通くんを説得したから。で、今夜話し合いを持つことにしたけどいいよね？」

町会長と森川があれからすぐにもう一度姿を見せて、そう一虎に言う。

今日はＨＡＮＡを閉めたほうがいいだろう、ということで予約もなかったことから夜は臨時休業することにした。

「ありがとうございます。すみません、ご迷惑をおかけしました」

「なに言ってんの。でもなんで久通くんはあんなこと言い出したんだか。虎ちゃんが犯罪者だなんてねえ……もちろん誤解だよね？」

町会長は一虎の様子を窺《うかが》うように訊ねる。

一虎は「ええ、誤解です」と苦い顔をしながら答えていた。

「だよねえ。まったく久通くんも、この店が嫌だって言って出ていって寄りつかなかったくせに、なんで今頃……」

町会長と森川によると、久通は彼自身が言ったとおりこのＨＡＮＡのオーナーの息子だということだ。

ＨＡＮＡのオーナーである花岡のことは芽も一虎から少しだけ聞いたことがある。なんでも高齢で、八王子にある施設で療養中らしい。

その花岡の一人息子があの久通で、だが森川の話によると、久通と花岡はあまりいい関係ではなかったようだ。そのため、久通は料理とは関係のない道に進みたいと、ＨＡＮＡ

を継がず、花岡とは絶縁し、そして商社マンになったという。

おまけに海外を駆け回っているようで、日本に戻ってきたのは十年以上ぶりとのことだった。その間、花岡とは一切連絡を取り合うこともなかったと森川が言った。

「僕はさ、花岡とは古い付き合いだからね。お互いここに店を構えたのも同時期とあって、まあ同志みたいなもんでね……久通くんはもともと料理人を毛嫌いしていたから」

久通はエリート意識が強く、学歴だの家柄だのにコンプレックスがあり、料理人という職業を嫌悪していたみたいだ、と森川が苦笑いする。

花岡はもちろんはじめはここを継いでもらいたかったようだが、久通は大学に入ると同時に家を出て行ってしまい、それ以来、花岡の妻が亡くなったときに葬式に来たくらいで、あとはまったくここに寄りつかなかったのだという。

「その久通さんはどうしてわざわざここに来て一虎さんにあんなことを……」

「う……ん、僕もねよくわかんないんだけど、まあ……たぶん、この店の土地建物を虎ちゃんにかっさらわれると思ったんじゃないかな。花岡も年だしね、変な言い方だけど、いつ死んでもおかしくないだろ」

「そんな」

「いやいや、そうなんだよ。うちも娘によく言われるからさ。きっと久通くんも、相続のこと考えちゃったんだろ」

それにしても、と芽は納得がいかなかった。

いきなりやってきてあれはないだろう、と思うのだ。

「それより、虎ちゃん、久通くんの話は誤解だって言うけど、あの子がそう誤解するようなことはあったわけ？　なにか根拠がなければあの子だってここにやってこないだろ」

町会長が一虎に訊ねた。

一虎は口を噤《つぐ》んだままだ。

「虎ちゃん、ちゃんと説明してくれないかな。僕も花岡から詳しくは聞いていないんだよ。事情がわからなければこれ以上久通くんを止められないし。話したくないこともあるかもしれないけど……頼むよ」

町会長と森川に言われて、一虎は少し俯いて考え込んだ後、口を開いた。

「そうですね。ご迷惑もかけてしまいましたので……きちんとお話しします」

一虎は顔を上げてそう言った。

「あ、あの……俺、外に行っていたほうが」

芽は自分が一虎の話を聞いてはいけないような気がした。たかが従業員がそれを聞いていいものかどうか。

「いや、芽はここにいて構わない。別にたいした話じゃない。ただ……俺自身の黒歴史を話すだけだ」

一虎は自嘲《じちょう》する。

黒歴史って、と芽は目を見開いた。一虎にもそんなことがあったというのか。驚いている芽に一虎は「俺だって芽となんにも変わらないさ」と笑ってみせる。

「――久通さんは、俺が人を刺したと言いましたが、刺されたのは俺のほうです」

言いながら、一虎はぐい、とコックコートの袖をまくり上げた。

そこには芽も知っている、大きな引き攣《つ》れたような傷痕《きずあと》。

左腕の肘《ひじ》から手首にかけての傷を見て、町会長と森川は目を大きく見開いていた。よほど驚いたに違いない。

芽はもうひとつ知っている。傷痕はそこだけではなく、彼の腹にもあることを。

「傷はあと、こっち側の……腹にもありましてね。当時は生きるか死ぬか、くらいの大怪我でした。一歩間違えていたら出血多量で死んでいましたが、なんとか生きています」

「虎ちゃん……」

「俺が人を刺した、という噂《うわさ》が立っているのは知っています。それが嘘だと知っている人のほうが少ないくらいでしょう」

「どうしてだい？　そんな怪我までしているのに」

一虎は小さく笑いながら、「死んでもいいと思っていたからですよ。消えてなくなりたいってね」と衝撃的なことを言って、またみんなを驚かせた。芽も思わず一虎を見やった。

「否定しなかったのは、俺はたぶん刺されても仕方がなかった人間だからです。そういう人間だったから、噂にもなった。そしてそんな自分に嫌気がさして死にたくなっていた」

とても今の一虎の話とは思えない。刺されても仕方がなかった、という人間には思えなかった。過去の彼は果たしてどんな人間だったのだろう。

彼は、小さく、自嘲するように唇を引き上げ、そして話を続けた。

「昔……以前に藤尾さんが雑誌を持ってきたから、ご存じの方もいると思うんですが、俺はフランスの星付きのレストランにいましてね。自分で言うのも今となっては笑うくらいなんですが、かなり実力があると思っていましたし、実際それに見合うだけの結果も残していました」

一虎は彼の身の上を淡々と語り出す。

調理師学校時代から、一虎は抜きん出た実力の持ち主だった。在学中にコンクールで賞を取り、それをきっかけに、フランスの一流ホテルの厨房で修業をしはじめたという。そこから星付きのレストランに引き抜かれたのだと言った。

そこでさらにめきめきと実力をつけ、一躍若手の料理人として注目の存在となる。数々の賞を受賞し、賞賛された。雑誌の取材を受けたのはその頃だという。

才能があった一虎にシェフも目をかけてくれ、若くしてスーシェフへという話も持ち上がった。

「その頃は俺も調子にのっていたところがあったと思う。いや、調子にのっていた。自信満々でね」

当時を振り返って、遠くを見ながら彼は言った。

「俺には才能も実力もあったから、当然スーシェフになってもおかしくないってね。傲慢《ごうまん》で、自信家で、他の料理人を見下していたところもあった。自分のことばかりで周りのことなんかなんにも見えちゃいなかった。……嫌なヤツだったよ。今の俺が昔の俺を見たら絶対に殴ってるだろうな。とにかく、いけすかない野郎だった。自分のことながら、思い出すと、恥ずかしくなる」

今の一虎からはまったく想像ができなかった。

黒歴史、と彼が言うのもわかるような気がする。

「だから、知らないうちに、一緒に働いているやつのプライドを傷つけていたこともまったく気づいちゃいなかったし、俺を口説いてきた女の子が、そいつが片思いしている子だったってことも気づいていなかった。正直、女なんてあの頃はいくらでも遊ぶ相手がいたから、一人や二人に告白されたところで鬱陶しいだけでね。寝るだけでいいならいつでもいいけど、付き合う気はないって、片っ端から断ってたんだ」

ろくでもないだろ？　と一虎は芽を見る。芽は彼の女性遍歴を聞き、顔を真っ赤にするくらいで、なにも返事ができなかった。

目の前にいる一虎と、彼が語る過去の彼とがあまりにも違いすぎているせいか、話を聞いている町会長たちも、反応に困っているようだ。

一虎が断った女性は腹いせとばかりに、一虎と寝たと周囲に嘘をつき、自分が恋人だと噂を広めた。そんな噂が広がったところで、一虎の女遊びについては周囲は知るところだったから、彼女もどうせその一人に過ぎないと思われていただけで、一虎にとってはさして問題にもならない、はずだった。

だが、噂を広めた彼女に片思いしていた一虎の同僚は、ただでさえ普段から一虎本人に下に見られて、プライドが傷つけられている。おまけに自分の好きな女まで一虎に取られたとあって、ますます恨みを募らせる。そこにまったく別の女性と朝帰りした一虎と出くわし、逆上した。

逆恨みにもほどがあるが、男は一虎と二人きりになったとき、いきなり刃物で一虎に襲いかかった。

そして一虎は腕と腹を刺される重傷を負った。一時は出血多量で重体となり、生死をさまよったという。

一虎を刺した相手は、普段とてもおとなしい男でとてもそういうことをしそうにない人間だったらしい。繊細な男で、よけいに思い詰めたのかもしれない。

一虎は幸い一命をとりとめたが、刺した男のほうは心を病んでしまい、仕事ができなくなった。

また、しばらく一虎の意識がなかったため、事件への弁明ができなかったこともある。レストランの経営側はこのスキャンダラスな事件へさらなる波風を立てたくなかったため、口を閉ざし事実を語ることはほとんどなかった。

普段の素行もあり、おまけに所詮《しょせん》外国人でしかない一虎への風当たりは強い。誤解が誤解を生み、噂に尾ひれがついて、事実に反して一虎が人を刺したということになってしまったという。

バッシングに遭った一虎は、シェフに引き留められたものの、もう料理の世界にいる気になれず帰国したとのことだった。

「――天罰、だと思ったよ」

自分の傷痕を見つめながら一虎が呟くように言う。

あの大きな傷痕にはそんな事情があったのか、と芽は声も出せずにいた。

一虎が過去を語りたがらなかった理由がわかるような気がする。古い雑誌に載った、彼を賞賛する記事も見たくはないだろう。

「……それでどうしてここに来たわけ？」

森川が訊ねる。彼も一虎がこの店に雇われた経緯を詳しく知らないらしい。なんでも花岡は「うちの店を彼に任せるから」と言っただけで、それ以上は語らなかったし、森川も長い付き合いの花岡のことは信頼していたから深くは聞かなかったという。

一虎は小さく笑った。

「日本に帰ったら死のうと思ってたんですよ」

その言い方はまるでゴミでも捨てるみたいな、無味乾燥なものだった。なんの感情も挟まっていない、乾いた口調。それがよけいに彼が本気で死を望んでいた、と思えてならなかった。

「死のうと思ってたって……」

「ええ。生きていることが辛くなってしまって。料理人をやめることは俺には簡単でした。たまたま料理を作ることが一番自分には向いていた職業だったから選択しただけで、もともとそれ以上ではなかったんですよ。ちやほやしてくれるから、続けていた」

芽は話を聞きながら、とても信じられなくて目を丸くしながら一虎を見つめていた。ふと彼と目が合う。彼は芽に悲しそうな視線を向けた。

「……今考えると、あの当時、俺はなんのために料理をしていたのかよくわからなかった。虚栄のためなのか……なんだったんでしょうね。自分がなにをやっても許されると思っていたから、刺されて、なぜ自分がこんな目に遭っているのか、その理由すらわからなかった。身から出た錆《さび》だということに気づいてもいなかったんですよ。昔はたぶん俺は……それほど料理を愛してもいなかったんでしょうし、料理をする意義もわからなかったから……だから料理をすぐに捨てることもできたんだと思います」

それも今の一虎からは考えもつかない言葉だった。

芽にあれほど料理の大切さを、食事の大切さを教えてくれた人が、かつては料理を愛していなかった上、作っている意義すらわからないという。それは、才能があったがゆえに許された傲慢さだったのかもしれない。

「日本に戻ってきて、そんなときにふと思い出したんですよ。ＨＡＮＡのオニオングラタンスープは一度食べてみるべきだ、って働いていたところのシェフが言った言葉を」

――オニオングラタンスープだけはＨＡＮＡには敵《かな》わない。

シェフは一虎にそう言ったことがあるという。星付きレストランのシェフが絶賛するオニオングラタンスープがある、というからには、どれほどの名店なのか。だが聞けば単なる日本にある町のビストロだという。シェフの花岡はやはり一虎と同じように、この店で修業をしていた才能のある料理人ということだった。

「あのシェフに敵わないと言わしめたそれをどうしても食べたくなったんですよ。最後の晩餐《ばんさん》になるかもしれないと思って。料理を捨てたくせに……料理なんかもうどうでもいいと、自ら見限ったくせに、そのときなぜ食べたくなったのか。昔はわからなかったけれど、今なら少しわかる気がします。……たぶん、ほんの少しだけ俺にも料理を愛する気持ちが残っていたんでしょうね。――HANAのオニオングラタンスープが食べたい、と言ったシェフの顔がものすごく幸せそうで、そんな顔をさせる料理はいったいどんな味なんだろう、と料理人として興味が湧《わ》いた」

十二月に入ったばかりの東京。その日は寒波がきていてとても寒く、店を探してうろうろしていたらすっかり身体が冷えてしまった。

ようやく店を見つけて入ると、人の好さそうなシェフがにこやかに迎えてくれる。

その小さなビストロのシェフが手がけたオニオングラタンスープは、なんともいえずとてもおいしいものだった。特になにが変わっているわけでもない、なんの変哲もないオーソドックスなものだ。なのに、一虎の身体だけでなく心まで芯から温めてくれる。

確かにそれはこれまで食べたどのオニオングラタンスープよりもおいしいと感じる。

どうしてか、いつの間にかそれを飲みながら一虎は泣いていたという。

一虎は次の日も、その次の日も、ＨＡＮＡに通い詰め、毎日オニオングラタンスープを注文した。

おいしさの理由がわからなくて、その味の正体を確かめたかったのだ。

しかし何度味わっても、わからない。

一週間が経ったとき、一虎はとうとうシェフに話しかけた。

「とてもおいしいオニオングラタンスープですね」

シェフ花岡はにっこりと一虎に笑いかけた。

そして「厨房に立ってみませんか」と突然言い出したらしい。一虎は驚いた。当たり前だ。単なる客——ただ、毎日オニオングラタンスープを注文する妙な客ではあったけれど——の自分へいきなりそんなことを言うなんて。

料理人と話したことはない。そもそも花岡とろくに会話もしていない。

驚いた一虎に花岡は種明かしをした。

花岡は一虎のいたレストランのシェフから連絡を受け、もしかしたら一虎がＨＡＮＡに行くかもしれないと伝えていたという。才能のある若者を失った、だが彼がもしオニオングラタンスープを注文することがあれば、もう一度料理の世界に誘ってくれないかと頼まれたとのことだった。

まだ彼が味に対して未練があるようなら、戻るきっかけを失わせてはならない、と。

「ちょうど少し僕は休みたかったんです。もう年も年ですしね」と花岡は言い、店を預かってくれる人を探していたからそれをきみに頼めないだろうか、と持ちかけた。

「僕が戻ってくるまでの間、この店で留守番をしてくれないだろうか。そうしたら、このスープの秘密を教えてあげよう」

そう長いことじゃないからと言われて、一虎は引き受けた。

「――でも、長いことじゃないと言っていたのに、結局花岡さんは帰ってこなくて、俺は八年もここにいてしまったんですが」

花岡は一虎が訪れる少し前から疲労がたたって体調を崩し、医師から加療を勧められていたらしい。

店は無理をしながら続けていたが、このままでは倒れてしまうだろうとまで言われて。

一虎も彼が治療に専念し、自分ではない本当の後継者を見つけるまでとの約束で花岡の申し出を受けた。

花岡は少しでも空気のいいところがいいと、都心から離れた場所を選び、八王子のはずれで治療をしているという。

「本当は、この店を息子さんに残したいと思っていたはずですよ。だから、俺に留守番をしてくれと。息子さんが戻ったときにすぐにここを渡せるように……そう考えるのが妥当でしょう？」

だから、あくまで自分はオーナーが戻ってくるまでの留守番だと一虎は言った。

「それじゃあ……」

芽は一虎へ顔を振り向ける。彼は苦笑しながら口を開いた。

「ああ。花岡さんの息子さんがいずれやってくるだろうとは思っていたんだが、あれは想定外だった」

確かにあの登場の仕方は誰にも想像できなかっただろう。インパクトがあるというにもほどがある。ここにいるみんなの顔が複雑な表情を作る。

「久通くんは……なんでまた。……花岡さんと話をしていたらこんなことにはならなかっただろうに」

町会長が溜息をつきながら言う。

「それなんだけどね」

森川が久通と話をした内容をみんなに伝えた。

要するに、久通は仕事先のフランスにいたときにたまたま一虎の噂を聞き、しかも父親は店にいないとわかって乗り込んできたらしい。

犯罪者が店を乗っ取った、と思い込んだのか、あるいは親の店にスキャンダルを起こした人間がいることが許せなかったのか、ともかくそれで激昂したようだ。

「ただそれもねえ……」

けっして久通が純粋な正義感に駆られたがための行動ではないともいう。木挽町という、いわば銀座エリアの土地建物が、自分の知らない間にもしかしたら他人の手に渡ってしまうかもしれないという焦りもあって飛んできたらしい、と森川が言った。

「残念ながら久通くんは花岡さんのことを心配して、ってわけじゃないんだよ。それに久通くんはこの店をなくして、マンションでも建てたいと思ってるらしいしねえ」

「……ですが、俺はやはり花岡さんの留守番でしかないわけですし、息子さんがやってきた以上は、ここらが引き際だと思います」

一虎は久通の言うとおり、出て行こうと思う、ときっぱり言った。

芽はなにもできない自分が不甲斐《ふがい》なかった。

今夜、オーナーの息子の花岡久通がやってきて、一虎から話をするという。一虎は既にここを去ることを決めているようだった。

「芽、俺はここを辞めることになるだろう。だから、おまえにももしかしたら辞めてもらうことになるかもしれない。この店がどうなるかわからないからな。……悪い」

一虎は申し訳なさそうに芽に謝る。

「いえ……もともと、俺は一虎さんの好意で雇ってもらっただけですし」

そう、芽はいつ辞めさせられてもおかしくなかった。

おまけに自分から辞めようと考えていた。けれどこうも呆気《あっけ》なく幕引きがされるとなると、ひどく寂しく悲しい。……身勝手だ、と芽は思う。

荷物、片付けなくちゃな、と一虎は笑っていたが、瞳《ひとみ》の色は暗く沈んでいたし、声もいつもとは違った。

（一虎さん……辛そうだったな）

芽はＨＡＮＡの店内を見回して、短い間だったがこれまでのここでの暮らしを思い返して、唇を噛む。

とても楽しい時間だった。都会なのに周りの人たちはみんな温かい。都会の人は冷たいというのは嘘だと思う。プライベートに踏み込みもせず、かといって困っているときには助け合って、ちょうどよい距離でちょうどいい付き合いを楽しみながらしている。

一虎には仕事の厳しさも、やさしさも教えてもらった。食事の大切さも。おいしいものを食べると心が豊かになる。どんなに簡単な料理も、誰かのためを思って作られたものはなによりのごちそうだと、人を幸せにするのだと教わった。

ここで芽は生まれ変わった。きっとどこに行ってもここでのことを思い出しながら働いていけるような気がする。

たった二ヶ月とちょっと働いただけの芽でさえそう思うのだから、八年もいた一虎は芽が想像する以上に寂しさを感じていることだろう。

それに。

——久通くんはこの店をなくして、マンションでも建てたいと思ってるらしいしねえ。

森川の言葉もとても気になった。

このＨＡＮＡはみんなに愛されている店だ。その店をなくしてしまうというのは、ご近所の人たちだけでなく、この店の味を愛して遠くから通ってくる人たちも残念に思うことだろう。芽が働きはじめてからでも、北からも南からもお客様が訪れた。

芽はいてもたってもいられず、裏の森川のベーカリーへ駆け出す。

(森川さんなら、花岡さんのいるところを知っているはず。……八王子なら中央線だし、東京駅から電車に乗れば一時間くらいだっけ。久通さんが来るのは夜。……行って帰ってくる時間くらいあるはず)

芽は花岡のところへ向かうつもりだった。

ここから東京駅までは歩いても二十分もかからない。

まだ久通との約束までは、時間がある。時計を見、スマホでだいたいの経路と時間を検索する。

(訪ねるだけ……ダメでも仕方がないけど、でも)

あの一虎のせつない表情が芽の胸を締めつける。

ここを去るにせよ、少しでも一虎に恩返ししてから辞めたい。芽にたくさんのものをくれた一虎へなにか返してからお別れしたかった。

電車で一時間とはいえ慣れないところへ向かうのは、何倍もの時間が過ぎていくような気がする。花岡がいるという八王子に到着したときはぐったりしてしまった。

おまけに、駅に着いてもここからまたバスに乗り換える。街中から離れるにつれ、景色が変わっていくので、果たして自分の向かう先はこちらでいいのか、といちいちスマホのアプリを立ち上げて地図を確認した。

なにしろそもそもが東京の地理を理解していない。

地図を見て、それからバス停に降り立つと、改めて自分が無茶なことをはじめたのでは、と思うくらい、ようやく着いたその場所は緑豊かなところだった。

「うわ……。ここも……東京……なんだ……」

東京というところは、なんてすごいところなんだろう。

銀座や、東京駅や渋谷、新宿のようなビルが乱立するいかにも大都会然とした一面もありながら、こうして豊かな緑があふれる場所も東京だという。

芽はしばし茫然《ぼうぜん》としていたが、ハッと、自分の目的を思い出す。

「ここでぼーっとしている場合じゃない」

芽は森川からもらったメモを頼りに、目指す場所へ向かう。

花岡の住まいは、いわゆるケア付きマンションというものなのだろうか。自立した生活を行いながら、隣の病院で治療も受けられるというものである。特に豪華というわけではないが小ぎれいでとても感じのいいところだった。大きな病院が経営しているとあって、きちんとした治療が受けられるというのが売りらしい。

感じのいい受付の女性が花岡に取り次いでくれた。

ロビーで待つようにと言われ、広いロビーのふかふかのソファーに座って待つ。明るいロビーは気持ちがよく、居心地がいい。

ほどなく、品のいい年配の男性が現れた。

「はじめまして。花岡です」

にこやかで穏やかな口調。ピンと背筋を伸ばし、ステッキを手にしている姿はとてもかっこいい。とても体調を崩しているようには思えないくらい、顔色もよかった。

「きみが豆柴くん？」

「はっ、はいっ！　はじめまして。御子柴芽といいます」

ぱっと飛び跳ねるように立ち上がり、緊張しながら挨拶をした。

噛まないで挨拶ができたので、芽としては上出来だ。とりあえず内心で胸を撫で下ろす。

その様子に花岡はクスクスと笑う。

「あはは、本当に子犬みたいだねえ。森川から連絡をもらって、いったいどんな子が来るのかと思っていたけれど」

まあ、座ってよ、と花岡が言うので芽は再びソファーに腰かける。花岡も芽の向かい側のソファーにゆったりと座った。

「森川から聞いたよ。きみにまで心配をかけてしまって悪かったね」

「そんなことありません。……よけいなことをしているのはわかっているんです。でも、俺は一虎さんに恩返しがしたくて」

「恩返し？」

「はい。俺は一虎さんに助けられたんです。だからせめて……俺にできるのはこのくらいですから」

芽は花岡に、どんなにあの店がみんなから愛されているかを語った。毎日おいしい料理が目当ての客が訪れている。いろんな人が幸せそうに食べて「ごちそうさま。また来るね」と言って帰っていくだけでなく、本当にまた来てくれるのがうれしいと。

「それだけ、魅力的なお店だと思います。ランチだって、行列ができるし、でも、どなたも文句は言いません。一虎さんが、真摯《しんし》な接客をと心がけているから、接客も料理のうちだからと。だから少し待たされたくらいでは誰もなにも。——だけど、森川さんが、久通さんはお店をなくしちゃうんじゃないか、って……」

「きみは店がなくなったら嫌？」

芽はこくりと頷いた。

そう、芽だって嫌だ。あの場所にＨＡＮＡのないことが。一虎の作る料理がないことが。もしこのまま芽がＨＡＮＡを辞めて北海道に戻ったとして、もう一度頑張ってそうして自分で稼いだ金で今度は客として訪れて、一虎の料理を食べたいと思う。

そして一虎に「頑張ったな」と褒めてもらうのだ。あの大きな手で頭を撫でてもらって。

だから一虎にはずっとずっとあの場所にいて、おいしい料理を――温かなオニオングラタンスープを作っていてもらいたい。

「……嫌です。ＨＡＮＡはあの場所にずっとあって欲しいし、そこで料理しているのは一虎さんじゃないと」

「そう。円城くんのいるあの店がいいのかい？」

「……はい。……実は俺は――」

芽は花岡に自分の身の上を包み隠さず語った。

一文無しになったところを一虎が救ってくれたこと。そして彼の料理がどれだけ自分の心を慰めてくれたかしれないこと。辛いときには必ずおいしいものがあって、それを食べて辛い棘《とげ》まみれだった自分の心から棘がいつの間にか消えていったこと。

きっと自分のような人も客の中にはいるに違いない。だからあんなふうにあの店はやさしさにあふれている。

　そして稲森のことも話した。今では稲森の弁当は以前と同じ味に戻って、前のような活気を取り戻していることも。

「……そういう料理を与えてくれる場所を失いたくありません。俺は辞めさせられて当然ですが、一虎さんは……」

　そこまで言うと、胸が詰まり、そして言葉が詰まった。

「か……ずとらさんも、あの店を、ＨＡＮＡを愛しています。料理を作るのが楽しくて仕方がないんだと思います。そして毎日――オニオングラタンスープを作っています。花岡さんの味に近づくように、ってきっと思っているのかもしれません」

　今日の一虎の話を聞いて、芽は確信した。

　どんな日でも、客が注文しなくても彼は必ずオニオングラタンスープを作っている。とても丁寧に心を込めて。

　あれが愛でないわけがない。いとおしむような顔をして毎日玉ねぎを炒《いた》めている彼の顔を思い出しながら芽は花岡に話をした。

「お願いします。ですから……一虎さんを辞めさせないでください。久通さんに話をしてもらえないでしょうか。厨房に立つなというのは……」

芽は訴えるように、花岡に頭を下げた。

「豆柴くん、顔を上げて」

花岡はやさしい声でそう言った。

芽はおそるおそる顔を上げる。花岡はどこかうれしそうな顔をしていた。

「あの店はまだ僕がオーナーだからね。あの店を好き勝手にできるのは僕だけだよ」

ふふっ、と彼はいたずらっ子のように笑う。

「僕はね、豆柴くん、あの店を円城くんに任せたんだ。他の誰かに任せたつもりはないからね。それがたとえ、僕の息子でも」

「え……それじゃあ……」

芽の目が大きく見開かれる。花岡はこくりと頷いた。

「本当はね……僕はあの店を八年前に畳もうとしていたんだ」

続けられる花岡の言葉に芽の目はさらに大きくなる。

八年前に畳もうとしていたというなら――。

「僕の身体はもう激務に耐えられなくなっていてね。厨房っていうのは立ちっぱなしでしょう？　腰がね」

言いながら、脇に置いているステッキへと視線をやった。

それを聞いて、芽は納得する。一日じゅう朝から晩まで立ちっぱなしの上、重い鍋だのフライパンだのを扱い、また中腰での作業も強いられることがある。おまけに花岡は高齢だ。長時間の立ち仕事というのは彼自身も言うとおり、耐えられないことだろう。

「そろそろ引退かな、と思っていたときに、フランスの知り合いから連絡があって、円城くんのことを聞いたんだ。才能がある、一人の料理人を失うのは惜しいとね。でも、彼は若くて……若い子にありがちな……本当にありがちな失敗をしてしまったでしょう」

あの事件のことだ、と芽は思った。

一虎は周りが見えていなかった、と言った。自信に満ちあふれた人間が陥りやすい失敗、そう花岡は言う。

「挫折を知らない子はいったんバランスを崩すとなかなか起き上がれない。特に自分の中に欠けているものがあるといったん自覚しちゃうとね。つっかえ棒がなくなったとでもいうのかな。そのつっかえ棒は才能があればあるほど脆《もろ》いものでね。円城くんのもきっと脆かったんだと思う。——だからきっかけをあげようと思った。居場所を……彼がいる場所になればいいと思ってね」

一虎が花岡の作るオニオングラタンスープ目当てに通い詰める姿を見て、彼はただ才能に酔っているだけの料理人ではなかったと気づいたという。神様は残酷で好きでもないことの才能を人に与えることがしばしばある、と花岡は語った。逆に好きだけどその人に飛び抜けた才能を与えないこともあると。

一虎が果たして料理が好きなのか、それともただ才能を与えられただけの人間なのか、もし後者ならそれまでだけれど、少しでも好きなのであればそれを続けてもらいたいと思ったらしい。「だって、好きというのも才能のひとつでしょう」と花岡は言って。

「円城くんが本当に料理を好きだったら、ここで終わってしまうのはもったいないしね。どうせ、畳む店だもの、彼が愛想を尽かすならそれでおしまいにしようと思っていたけれど、八年も経ってしまった。八年なんてそうそう続けられる時間じゃないでしょう？　ということは、彼はやっぱり料理が好きだったんだ。才能があって好きというのは素晴らしいことだよね。だから留守番だとは言ったけど、円城くんさえよければ、いずれ僕は譲るつもりだったんだ」

ふふ、とまた花岡はいたずらっ子のような表情を浮かべる。

「こうやってきみみたいな子もやってきて……心配してくれる人もできて……円城くんはきっといい料理を作るようになったんだね」

花岡はそう言うと、ステッキに手をかけた。

「それじゃあ、行こうか」

芽は一瞬なにを言われているのかわからず、きょとんとした顔をした。

「豆柴くん、さあ、僕の店に帰ろう。――久通が来るまで時間がないよ」

花岡は立ち上がって、すっと背筋を伸ばす。

「は、はい！」

ゆっくりと歩きだす花岡の後ろを芽は追いかけた。


有楽町《ゆうらくちょう》で電車を降りると、花岡はすいすいと人混みをかき分けて歩いていく。歩調こそゆっくりだが、人の波にいまだ慣れない芽と比べると、段違いに早い。

なにしろ芽ときたら、数歩進むたびに人にぶつかっている。

「このあたりは変わっていくようで、変わらない街だよね。僕は生まれも育ちもすぐそこだったんだけどね。大げさでもなんでもなく、空襲を避けながら逃げ回ったこともある。アメリカさんは東京駅は焼かなかったけど、銀座の街は焼いてしまった。それでも残っているものがあって、そこからみんなでまた作り上げてきたんだ。古いものを守りながらもそれだけに終わることなく新しいものを作っていこうってね。人が変わっても、建物が変わっても、たぶんその気持ちみたいなものはここに残っているから、銀座は銀座でいられるんだと思うよ」

日がすっかり暮れた銀座の街には、美しい灯《あか》りが宝石のように輝いている。中央通りにはクリスマスの飾りつけをした様々なショップが軒を連ね、歩道も凝ったライトアップがされていて、華やかだ。

中央通りを横切り、昭和通りへ向かう。

明治時代からある古い建物もこのあたりにはいくつもあって、その古めかしい建物と新しいピカピカのビルとうまく調和しているのが、この銀座という場所だ。

昭和通りの信号を渡って、進むと、木挽町。

そして目印の白い壁に赤ワイン色のテント――芽の大好きな店だ。

ドアを開けると、「芽！」と大きな声で怒鳴られた。

目の前には一虎と……そしてその後ろに森川や町会長、それに藤尾や田中に稲森に宇崎。

「黙って出かけるなんて！　行き先くらい言ってから出かけるべきだろう」

見たこともないくらい、怖い目で睨みつけられる。こんな顔の一虎ははじめて見た。

「あ……ごめんなさい……」

森川には花岡のもとに行くと告げていたが、一虎には黙っていた。一虎の後ろで森川が肩を竦《すく》めている。一虎に行き先を言わないでいてくれと頼んだのは芽のほうだから、叱られるのは覚悟の上だった。

きっと一虎に言えば止められただろうし、この選択は間違っていない。それに。

「あんまり豆柴くんを叱っちゃダメだよ、円城くん」

芽の背後にいた花岡がにっこりと笑って前に出た。

「――――花岡さん」

茫然と花岡を一虎が見つめる。なぜここに、という顔をしていた。

「久通は来ているのかな？」

言いながら、花岡は店の中に入っていく。

まだ久通は到着していないようで、姿は見えない。間に合った、と芽はほっとした。

「どうして花岡さんと芽が……」

「豆柴くんを怒らないであげてください。この子はきみのことを本当に心配していてね、あんな遠くまで僕を説得しに来てくれたんですよ。いい従業員を持ってきみは幸せだね」

ポン、と一虎の肩を叩き、花岡は懐かしそうに店内を眺め回す。

壁から天井から、そして厨房に入って笑顔になる。

「……ああ、なんていい店なんだろうね。僕がいたときよりもずっといい店になっている。

店っていうのは客が育ててくれるんだ。僕らは確かに料理をお出しするんだけれども、店というのは料理だけじゃないからね。——隅々まで行き届いていて、気持ちのいい店だ。接客は、この豆柴くんを見ていたらわかるよ。……後で僕にもごちそうしてください」

一虎へ向けて花岡が笑う。

一瞬、一虎は言葉を詰まらせる。彼の肩が小さく震えていた。

そしてややあって口を開く。

「……はい、ぜひ」

一虎は深々と頭を下げる。そのときだった。

バン、と大きな音を立てながら、ドアが開いた。

「私は忙しいんだ！　さっさとしてくれ！」

声高に横柄な物言いの男が入ってくる。

その声を聞いた花岡が呆れたようにひとつ息をつき、小さく首を振った。

「久通」

たった一言、名前を呼んだ声は低く、威圧するようなものだった。

名前を呼ばれて、久通がはっとする。視線の先に、花岡の姿を見つけたときには、苦々しい顔になっていた。

「なんで父さんがここにいるんだ」

「それはこっちのセリフだ、久通。——十年、連絡をよこさなかったのはおまえのほうだろう。おまけに僕の店で勝手なことをして」

穏やかだが厳しい口調で花岡が言う。

久通は唇を引き上げ、鼻を鳴らした。

「僕の店、僕の店、って父さんは引退したんだろうが。だいたい犯罪者を厨房に立たせてるなんて、この店も落ちたもんだな」

「円城くんは犯罪者ではないし、逆におまえが聞きかじってきた事件の被害者だ。きちんと調べればわかる。それも怠ったくせに根も葉もない噂を立てないでもらいたい。……まったくどこで僕は子育てを間違ったのか——申し訳ない、円城くん」

花岡は一虎に向き直って謝った。

「久通、誤解をしているようだから言っておくが、僕はこの店の権利をおまえに譲るつもりはないよ。だいたいおまえはここをいらないと言ったのを忘れたのか。いずれ手放すことになったとしても、それはこちらで決める。——それについては前に手紙でも書いておいたと思うが。遺言書にもそう残してある。おまえに譲るべきものは既に譲っているし、それ以上のことはない。おまえは家を出たときに一切拒否したのだから」

「な……っ」

「僕は何度もおまえに話し合いを持つ機会を与えただろう？　弁護士からも連絡をしているはずだ。今回のことも、まずは僕のところに来るべきなのに、それもせずにここに乗り込むとはどういうことだ。家を出て、十年も連絡をよこさなかったおまえがそもそも口を挟むことじゃない。この店のオーナーはまだ僕だ、久通。ここで勝手なことは許さない。文句があるなら、円城くんではなく直接僕に言いなさい。後でいくらでも聞こう」

「――く……っ」

ギリギリと歯ぎしりをするように、久通は唇を歪《ゆが》めた。が、花岡は反論は許さないとばかりにきっぱりと言ってのけた。

久通は形相を変えたまま、なにも言わず店を出て行った。

周りから、それぞれ安堵《あんど》の息が漏れる。花岡が来たことで、どうにかとりあえずは最悪の事態を回避できたようだ。

「いや、皆さん、本当にすまなかった。あれのことは僕もどうにかしなくてはと思っていたんだが、後手後手に回ってしまった」

言いながら花岡は久通が出て行ったドアのほうへ視線をやる。その顔は少し寂しげに見えた。

「どうやら、ＦＸだか仮想通貨だかで失敗したらしくてね。奥さんから離婚を迫られてるようで、それで焦ったようだな。ここを売れば、まあ、小金にはなるから慰謝料にでもなると思ったのか。とにかく愚息のせいで迷惑をかけた。本当に申し訳ない」

花岡はすべて理解していて、そのため芽が彼の前に現れたことも、どこか予想していたのかもしれない。

（だから……すぐに行こうって言ったのか）

芽は安心して身体の力が抜けそうになった。これで一虎はこの店にまだいられるということだ。

「それで、話の続きなんだが、円城くん」

花岡は一虎へ向き直り、そしてゆっくりと足を進めた。ステッキのコツ、コツ、という音が床に響く。

「きみさえよかったら、この店を譲りたい」

「え……」

「ＨＡＮＡを大事にしてくれてありがとう。僕は……もうこの店の厨房に立つつもりはない。それは八年前から決めていたことでね。きみのような料理人にここで腕を振るってもらえたら僕は安心して、今度こそ本当に引退できるんだが」

芽はそれを聞いて、ほっと笑みを浮かべる。ここが本当に一虎の店になるなら、自分はまた彼の料理を食べに上京できる。

だが、一虎は首を横に振った。

「それは……できません」

その答えに周囲はざわつく。「虎ちゃん！　なんで！」一斉に声を上げた。

花岡は一虎の顔を覗き込んで聞いた。

「ここじゃ不満かな？　もっと大きな店に行きたい？」

「いえ、そうじゃありません。……俺は、花岡さんの味にまだ追いついていない。だから、ここでやっていける自信が……花岡さんの顔に泥を塗ってしまうかもしれません」

「そうかな？　僕は十分にきみは僕なんか追い越していると思っているよ」

しかし一虎は再び首を横に振った。

「じゃあ、こうしよう。テストだ」

「テスト？　ですか？」

まさかテスト、と言われると思っていなかったらしい一虎が目を丸くした。

「うん。みんなにそれを食べてもらって、決めよう。そうだな……」

花岡はふいい、と厨房に目を移し、ああ、となにか思いついたように声を出した。

「そう、カスレがいい。仕込んでいるんだろう？」

「え？　あ、はい」

そう、今夜はカスレをメニューに載せる予定だった。こんなハプニングがなければ、鴨《かも》の味をたっぷり吸った豆とほろほろのお肉が食べられたのだ。

ＨＡＮＡのカスレはコンフィした鴨とソーセージ、そして白インゲン豆をキャセロールで煮込んだものだ。ほくほくとした豆と舌の上で崩れていく肉がおいしい。藤尾あたりなら、これで赤ワインのボトルが一本空いてしまうだろう。

「じゃあ、早速用意してくれないかな？　なにも食べないでここに来たから僕は今とても腹ぺこだよ。――豆柴くんは、ワインをお願い。みんなに差し上げて。やっぱり赤がいいね」

茶目っ気たっぷりの花岡の言葉に一虎は頷くと、厨房へ向かう。芽も言われたとおり、ワインリストを用意する。花岡が選んだのはコート・デュ・ローヌ。シラー種のブドウから作られているボディーがしっかりした、スパイシーな風味のあるワインだ。

カスレは少しこってりしているというか、とてもコクがある料理だから、このくらい力強いワインが合うという。

やがて、キャセロールに入ったカスレがテーブルに置かれた。

まだ余熱でぐつぐつと煮えているその豆煮込みを花岡が手際よく取り分ける。テーブルに座ったみんなに振る舞われた。

「それじゃあ、いただきましょう」

花岡はそう言うとすぐさまカスレに手をつけた。

スプーンで豆を掬い、口元へ運ぶ。花岡は一口一口をじっくりと味わうように目を瞑《つむ》りながら口を動かしていた。豆、肉、ソーセージ、とスプーンが口へ運ばれる。

数口、食べたところで花岡はスプーンを一度置いた。

「――カスレはね、地域によっていろんなバリエーションがある料理でね」

今度はワインを口にした花岡がそう切り出した。花岡の話にみんな耳を傾ける。

「あ、聞いたことがあります。地方で豚肉とかガチョウとか、使うお肉も変わるって」

稲森が言う。花岡はにっこりと笑った。

「それだけじゃなくて、発祥の地の主張もそれぞれあるんだよ。日本でいうところの元祖と本家の対決みたいなもんかな」

「へえ。外国でもそういうのあるんだねえ」

「そうそう。こっちが一番古い伝統的なカスレだ、本物のカスレはうちだ。いやこっちだ、みたいな議論が絶えないらしい」

でもね、と花岡は続ける。

「どこの地方のカスレでも、やっぱりおいしいし、そこだけの味ってものもあるでしょう。おいしいものには変わりない。——だからね、円城くん」

そう言って花岡はもう一度スプーンを口に運び、「ああ、本当においしいねえ」と心から満足しているとばかりの表情を浮かべる。

「ここは僕の店ではあるんだけれど、今のきみのこの味が……この店の本物だと思ってくる客のほうが多い。だから——もうここは円城くんの店なんだよ」

「………」

「本当はこの店をもらってくれ、と言いたいところだが。そっちのほうがきみには負担をかけることになる。だから買ってくれないだろうか。そして店の名前もきみの好きにすればいい。そうしたら、もう、ここの雇われシェフじゃなくてよくなる」

「いえ……こんな一等地。買ったとしてもとても俺には返済できません。それにここは店の名前を変えるべきじゃありません」

一虎は頑《かたく》なに花岡の申し出を拒んでいた。そこに町会長が口を出した。

「そんな堅っ苦しいこと考えないでさ。で、虎ちゃんはここで料理を作っていたいの？　それとも嫌なわけ？」

「それは……俺はここでずっと働かせてもらえるならそれで十分ですよ。それにやっぱりここはＨＡＮＡって名前じゃないとダメだと思うんです」

「そう……。まあ虎ちゃんがこの店の名前はＨＡＮＡでいいっていうなら、とりあえずそれでいいじゃない。店のこともさ、おいおい考えていこうよ。花岡さんが虎ちゃんにこの店を譲りたいって気持ちはわかるけど、今日の今日で虎ちゃんに買えってのは、そりゃあ無謀ってもんだよ。なんせ心の準備もろくにできてないのにさ。そういうのはゆっくり相談していけばいいだろう？　店はここにあるし、虎ちゃんもここにいたいっていうんだから。焦っても仕方がないよ」

町会長がにっこりと笑ってみせる。

その提案にみんなも同意する。

「そうよ。いい方法を考えていきましょ」

「まあ、これからの虎ちゃん次第だけど、僕はここで虎ちゃんが腕を振るってくれたらうれしいし、それが花岡さんにとってもうれしいことなんじゃないの。いずれは本当に買い取る方向でさ、考えてみなさいよ」

町会長がうまくまとめ、花岡もうんうんと頷いている。

「ちょっと焦りすぎだったけどね。僕はきみにしか譲る気はないからね。それだけは覚えておいて」

またしてもいたずらっ子のような顔で、花岡が言う。

「――ありがとうございます。……しばらく考えさせてください」

頭を下げてそう言った一虎の声は、少し震えていた。

「ねえ、円城くん、オニオングラタンスープも作ってくれる？　みんなの分。豆柴くんにもね」

「オニオングラタンスープ……ですか」

「うん。きみは豆柴くんと、それからここのみんなに言ったんでしょう？　僕のオニオングラタンスープには敵わないって。それをね、食べさせて」

「ですが……俺のはまだ……花岡さんと同じものが作れていません。前と変わりませんよ」

「そうかな？　まあ、いいから作ってよ」

「……わかりました」

一虎は厨房に戻って、注文どおり、オニオングラタンスープを作りはじめる。

ふふっ、と花岡は厨房を見つめながら笑顔になっていた。

いつもの町内会メンバーは、この店が続いていくことがうれしいとばかりにカスレを肴《さかな》に次々ワインを飲んでいる。いつものＨＡＮＡの光景だ。

「花岡さん……一虎さんにオニオングラタンスープの秘密って教えたんですか？」

「秘密？　そんなものはないよ。僕のは至って普通のオニオングラタンスープだから」

「でも……」

「豆柴くん、心配しないでいいから。見ていなさい」

花岡は楽しげにぐい、とワインを呷った。

そうしてできあがったオニオングラタンスープはそれぞれの目の前に運ばれた。

芽にも思い出の味だ。

焼き目のついたチーズの下には、熱々のスープをたっぷり吸ったバゲット。その下に甘い玉ねぎのスープ。コンソメではなくブイヨンのしっかりとした味は元気を出してと言っているように思える。この味が一番はじめに芽の気持ちを解いて、癒《い》やしてくれた。

「これはＨＡＮＡの味だね。僕の味でもあり、円城くんの味でもある」

花岡の言葉に一虎は戸惑ったような顔をしている。

「同じ味、っていう言い方はどうかと思うけど、もうきみは僕なんかとっくに超えてるし、あのとき僕がきみに作ってあげた味となんにも遜色《そんしょく》なんかない。僕と同じように、きみが料理と食べてくれるお客様を本当に愛している、その味だよ」

「………」

「僕はね、ここでたくさんの人に僕の料理を愛してもらって、そしてたくさんの人に育ててもらった。そしてこの味ができあがった。――円城くんも同じでしょう？　ここでたくさんの人に出会って、きみの料理を愛してもらったでしょう？　きみだって、愛してもらった分の愛情を込めて毎日料理を作ったでしょう？　この味はそういったものがいっぱい詰まっている味ですよ」

花岡は一虎に笑顔を向ける。

「花岡さん……」

「八年前だって、きみは素晴らしいスープを作っていた。きみに足りなかったのは、料理とお客様への愛情だったんじゃないかな。違う？」

一虎は花岡の言葉に思うところがあったのか、はっとした表情になる。

「きみに僕のオニオングラタンスープの秘密を教えてあげると言ったけど、これが秘密。料理を一番おいしくするのはなんといっても愛、だからね。……ねえ、もうきみは大丈夫でしょう？　だから、やっぱり……いずれはここをきみの店にしてくれないかな」

花岡は一虎の手を取るとぎゅっと握りしめる。

はい、と答えながら花岡の手を握り返す一虎の目になにか光るものを芽は見つけた。

花岡は久しぶりだから、と森川の家に泊まることにしたらしい。きっと積もる話に花を咲かせていることだろう。

誰もいなくなった店内で、芽と一虎は後片付けをしていた。

テーブルを拭き、床のモップがけも終える。一虎も今日はもう作業の手を止めていた。

「一虎さん」

芽は呼吸を整えて、一虎に声をかけた。

一虎が振り向く前に芽は続けた。

「……勝手なことをしてごめんなさい」

目を瞑って、思いっきり頭を下げる。よけいなことをしたと自分でもわかっている。けれど、花岡のところに行かずにはいられなかった。一虎にここで料理を作り続けて欲しいと願うあまりのことだ。だから彼に嫌われてもいい、そう思った。

けれど、やっぱり煙たがられるかもしれないと思うと、俯けた顔を上げられない。

「芽……」

「本当にごめんなさい。……それから、俺、北海道に帰ります。もうこれ以上一虎さんにご迷惑をかけるのが心苦しくて」

いろんな思いがこみ上げてきてどうしようもなかった。

短い間だったけれど、たくさんの思い出をもらった。

新しい恋も知って——そう、大好きな人ができた——それだけで芽は前に進んでいけると思った。

「帰るって……」

「はい……ここにいたら、また迷惑かけてしまいそうですし。おかげさまで北海道に帰る旅費もできましたから」

ようやく顔を上げて一虎の顔を見る。少しは寂しいと思ってくれるだろうか。

「帰らなくちゃいけないのか？」

芽をじっと見つめながら一虎が聞く。

どきりと心臓が跳ねた。

こんな目で見つめてくるなんてずるい。かっこいいな、と思ってしまう。ますます好きになって、せっかくの帰る決心が鈍ってしまう。この人の側にいられるだけでいいと思ってしまう。

「…………」

芽はなんて答えていいのかわからず、黙りこくった。

口を開いたら、「あなたのことを好きになったから、もう側にいられない」と言いそうになる。けれどそれを言ってしまえば、もう二度とこの店に来られないだろう。

なにも言わずにいたら、芽の気持ちが落ち着いて一虎への恋心なんかなくなった後に、またここの料理を食べにくることができる。

やさしいこの人に「元気だったか」と声をかけてもらえる。

「芽、答えてくれないか。……俺はおまえに嫌われるようなことをしたか。あのときのことを怒っているのか。それとも俺に幻滅したか。俺がおまえのことを騙したあの男と同じくらいろくでもない男だと知って」

「幻滅なんかしてません……！　俺は一虎さんに助けてもらいました。いつでもやさしくしてもらって、大事にしてもらえて……あんな人と一緒にしないでください。だって一虎さんは、きちんとご自身を立て直したでしょう。花岡さんだって認めてくださったじゃないですか。そんなふうに言わないで。自分を悪く言わないでください」

好きになったのは今の一虎で過去の一虎じゃない。

自分が好きになったのは、料理と食べてくれる人を愛している、目の前の人。

「だったら、やっぱりあのときのことを怒ってる?」

一虎が一歩前に足を進めた。芽まで数歩のところにいる。目の前に彼の顔が近づいてくる。平静でいられなくなってしまう。

あのとき、というのはおそらく芽が酔ったときのことだろう。あのときにされたことを思い出して芽はさっと顔を赤くした。

「ちが……っ、違います……。怒ってなんか。その逆……」

うっかり芽は口を滑らせた。——だって手を伸ばしたら届く距離に彼がいる。心臓の音がうるさく鳴っていて、言葉を選ぶ余裕などなかった。

もっと近づけば彼にしがみついてしまいかねない。

好き、って言ってしまう。

「逆……? ってことは」

一虎が言ったとき、芽は自分はなにを言ったのかようやく気づいて慌てて両手で口を覆った。顔は真っ赤になっていて、どう答えても結論はあの言葉しかないと言っているも同然だった。

「芽、答えて。……俺は、芽にここにいてもらいたいと思っている」

とうとう一虎が芽の手を取った。そしてその手を引かれる。身体が傾いて——。

次の瞬間には一虎に抱きしめられた。

「かっ、一虎さん……！」

「ダメか？」

彼の声が鼓膜を震わせる。ダメなんかじゃない。むしろ。

「俺は、芽のことが好きだ。芽は俺のことをどう思っている？」

嘘だ、とはじめは思った。一虎がまさか自分のことを好きになってくれるはずがないと。

「……一虎さんにそんなこと言われたら、ときめかないわけないじゃないですか」

「芽も？」

「……当たり前です。……からかわれているのかと思います」

「からかってなんかない。隼人とかいうあの男のことを殴ったのは、あんな男におまえを取られたくなかったからだ。真面目《まじめ》で純粋で……一生懸命で。惚れないわけがない。おまえが可愛くて仕方がなかった」

夢のような口説き文句に、芽はまだ信じられない思いだった。きっとぽかんとした顔をしていたのだろう。

一虎がクス、と笑う。

「ずっと俺の側にいて、笑っていてもらいたいし、俺のことを心配してもらいたいし、いつまでも俺の料理を食べていてもらいたい。俺の作った料理で芽の身体を全部作ってやりたい……そう思っちゃダメか」

これは本当に自分に向けられている言葉なのだろうか。信じられない、信じられない。

けれど——。

芽はふるふると首を横に振った。もう胸がいっぱいでなにも言えない。

心臓がドキドキして、そのドキドキがどんどんとスピードを増す。音も大きくなって身体が全部心臓になったみたいにうるさく鳴っている。

「か……っ、一虎さん……っ。はっ、離れてください……。ドキドキが止まらないんです。こんなふうに一虎さんに抱きしめられたらドキドキしすぎて……ドキドキするのが止まらなくなって……このままじゃ心臓がおかしくなって爆発しちゃって死んじゃう……」

くくっ、とおかしそうに笑う一虎の声。そして耳元で囁《ささや》かれた。

「爆発されたら困る。——じゃ止めようか」

止めるって、と思っていると、いきなり顎を取られ、顔を上向けられる。

唇が重なった。

「爆発、止まった？」

爆発どころの騒ぎじゃない。キス、されるなんて。茫然としていると、一虎が口を開く。

「まだちゃんと答えてもらってない。芽、俺のことが好きか」

もう答えないわけにはいかなかった。芽は必死で気持ちをかき集めて口を開く。

「……好きって言ってもいいんですか……？　だって俺は、隼人さんのこと追いかけてきたのに、振られるなりすぐに一虎さんのこと好きになっちゃって、だらしないなって」

「だらしなくないさ。だいたい、あんなやつとのことなんか恋でもなんでもないだろ。それより俺相手に新しく恋するほうがずっとよくないか？」

とっくに恋に落ちている。彼の目に自分の顔が映っている。彼に恋している、自分の顔。恥ずかしい。こんな顔を見られているなんて。

「──芽、言って。芽の口から言ってほしい」

甘く囁かれる。その声に誘われるように芽は言葉にする。

「……好き、です。……一虎さんのことがすごく」

その答えは一虎の満足のいくものだったのだろう。もう一度小さくキスが与えられる。

「あの男に感謝だな」

一虎はにやりと意地の悪い笑みを浮かべる。芽が目をぱちくりとさせていると、「おかげでこうして可愛い子と出会えた」といけしゃあしゃあと言う。

フランスにずっといて浮名を流していただけあって、口説くのがやけに手慣れている。

「……昔はそうやって、遊んでいたんですか」

上目遣いで聞くと「参ったな」と彼が苦笑する。

「遊んだのは否定しないけど、好きになったのは芽だけ」

やっぱり歯が浮くようなセリフとさらっと言う。

顔をさらに真っ赤にさせている芽への三度目のキスはひどく官能的だった。


芽を抱き寄せたまま、一虎は彼の部屋のドアを開ける。そうしてベッドに、芽の身体を壊れもののようにそっと横たえた。こんなふうに扱われると、まるで自分が宝石にでもなったような気分になる。

風呂上がりで互いの身体はまだ湿っている。シャンプーの匂いがやけに現実味を与えた。

「芽……」

覆い被さってきた一虎にゆっくりと唇を塞がれる。下唇を辿《たど》るように舌でなぞられて、芽が息を継いだ瞬間にさらに深く口づけられた。あっという間に舌が搦め捕られ、一虎の唇に吸われる。芽の身体がピクリと跳ねた。

長いこと唇と舌を愛撫された後にはもう、身体から力がすべて抜けてしまっていた。

「どう？」

余裕たっぷりの一虎に聞かれ、芽は耳まで真っ赤にする。

「どう？　じゃないです……」

キスだけでくったりとなっている芽に一虎がくすくすと、いとおしそうに笑う。こんなに彼が表情豊かなんて、思わなかった。

「もう一回キスする？」

ますます好きになった笑顔で一虎が言うから、つい頷いてしまう。

次の瞬間にはまた舌を差し入れられる。絡みついてくる舌先の愛撫に翻弄《ほんろう》される。

「……ん……んっ」

この前までろくにキスなどしたことがなかった芽だ。

たかがこのくらいで、ときっと一虎のような百戦錬磨の男なら思うのかもしれないが、口づけだけで芽の身体は陥落する。

口づけの合間に見た一虎の顔はひどくセクシーで、どうしてこの人が今自分に口づけているのだろうとさえ思う。しかも芽を見つめる目には欲情の光が灯《とも》っていて、思わず芽は息を呑んだ。

なにも知らないわけではないのだが、これからなにをされるのかちゃんとわかってい

「芽、いいか」

甘い声で芽に囁く。

経験こそないが、芽はこれでも大人だ。これからなにをされるのかちゃんとわかってい
る。わかっていて……だから彼を感じたい。

「抱いて……抱いてください……。一虎さんに抱かれたい……」

素直に欲望を口にすると一虎は芽の耳朶《じだ》を甘噛みし、Tシャツの裾から手を差し入れた。

彼の手の温度が温かくて気持ちがいい。

「気持ち……いい」

うっとりと呟くと、「余裕だな」とからかうように一虎が言う。

「だ、だって」

芽が小さく反論の声を上げると、一虎は唇を引き上げる。

その顔が珍しく意地の悪い顔で、けれどひどく色気があって、芽は思わず見とれた。

と思っていると、手を上げさせられ、Tシャツをするっと脱がされた。

そうして撫でるように芽の胸へと手をなぞらせる。乳首を摘《つ》まれて、芽の背が弓なり
に反った。

「……あ……っ」

「あー、本当に芽は可愛いな。……ここも小さなフランボワーズみたいでおいしそうだ。……丸ごと食べちゃいたい」

一虎は赤く色づきはじめた乳首を唇と指で愛撫する。彼の舌で乳首が転がされ、きつく吸われる。反対側の乳首は指でこよりのように捻《ねじ》られている。もどかしい刺激に芽の腰が揺れてしまう。

「どっちのほうが感じる？」

一虎に聞かれて頰を染める。

「そんなこと聞かないでください」

羞恥《しゅうち》に耳まで赤くなっている芽に、クスクスと一虎は笑う。

「も……恥ずかし……い……っ」

けれど、一虎に弄られた乳首が尖《とが》って赤く熟れきった頃には、甘い声を上げていた。

本当においしく料理されているように、身体がどんどん蕩《とろ》けていく。

「……ん……、……んっ」

一虎の舌は味見でもするように芽の身体を隅々まで舐《な》め取っていく。

まるでカスレの中の鴨みたいだ、と思う。身体がすべて幸せのスープの中で煮込まれて、ぐずぐずになっている。

さらに身体を裏返されて背中も丹念に愛撫される。肩甲骨に舌を這わされ、背を反らせる。そんなところにまで感じる場所があるなんて知らなかった。

感じすぎて上げる声がはしたなく思え、唇を噛んで我慢していると「だめ」と、キスで閉じた唇をこじ開けられる。

「芽はどこもかしこも感じやすいね、今まで誰も食べなかったなんてもったいない」

蕩けた感覚の中で言われるけれど、それは一虎の料理の仕方がいいからじゃないのか、と芽は思う。自分は一虎の手でおいしく料理されているのだ。

好きだ、と何度も何度も囁かれ、芽も「好き」と答える。

キスを交わしながら、ジーンズも下着も脱がされ、一虎も脱ぐ。

もう芽のものも、それから下肢に当たる一虎のものも濡れていた。

自分で彼が興奮していると思うと泣きたくなるほどうれしい。求められていることがこんなにうれしいなんて。

そして——彼の腹にある、大きな傷に目を瞠った。この傷をつけられたときの彼はいったいどんな気持ちだったのだろう。それから後の苦悩も思って芽は彼の傷に手を伸ばす。

「……気持ち悪くないか、この傷」

芽はふるふると首を横に振った。

「気持ち悪くなんかありません。……もう、痛くはないんですか？」

触ってもいい？　と聞くと彼は芽の手を取って、自分の傷に触らせた。

「うん……痛くない。……この傷ができてから俺の身体に触ったのは、芽がはじめてだ」

引き攣れてでこぼこしているその傷はつるりとした感触で……それでも少しでも傷の痕が薄くなればいいと思いながら、芽は手のひらで擦る。

「……ああ……気持ちがいい。芽といるとほっとする。一生懸命で素直でいじらしくて……だから……俺はおまえのことを好きになった」

そんなことを言われてうれしくないわけがない。芽のほうこそ一虎といると安心する。この人の側にずっといたい。

「早く……早く、一虎さんのものにしてください」

上目遣いでねだるように言う。

「口説き上手はどっちのほうだ。芽のこういう可愛いとこ、あいつに知られなくてよかった。知ってるのは俺だけだ」

ふ、と彼が艶《つや》めいた笑みを浮かべると、芽の唇へ口づける。

芽の頭の奥がじんわりと甘く痺《しび》れてくる。

やがて愛撫の手が下肢へ伸びていく。硬くなった芽のものを彼の大きな手が包み込む。

茎を愛撫し、陰嚢をやわやわと揉みしだき……その刺激に芽は息を詰める。

「あ……ぁ……ん」

ただでさえ過ぎた刺激にくらくらしているのに、一虎は芽の足を抱え、後ろの蕾《つぼみ》に口づける。

「……ッ」

いきなりの感触に芽は驚いて腰を引いた。けれど一虎は逃さないというように腰を支えて、舌と指でその頑なな場所を解《ほぐ》しにかかる。そんな場所に、と芽は羞恥にいたたまれなくなった。だが当の一虎は身を捩《よじ》る芽に向けて目を細めるだけだ。

「芽、可愛い……後ろ舐めただけでここもこんなにして」

折り曲げられている身体の中心に濡れそぼった芽の勃《た》ち上がったものがある。そこからはもうはしたなく蜜《みつ》がこぼれ続けていた。

「感じてる？」

「……やっ、ぁ……あ」

前にも指を絡められているのに、後ろにも指が入れられる。淫《みだ》らすぎる快感に芽は息を継ぐのが精一杯だった。

ねちねちとした泡だった音とともにゆっくり解きほぐされる。いつの間にか指の数が増やされ、後ろを広げられていた。しかも奥の弱いところを擦られて、その強い快感に腰が揺れる。ひくひくと後ろが蠢《うごめ》くのが自分でもわかった。

まるでここで彼を受け止めることを待ちきれないとばかりに蠢かせて、隼人に「地味なやつほど淫乱」と言われたことを思い出す。

本当に自分は淫乱なのではないだろうか。はじめてなのに、こんなに物欲しげに腰を揺らして。

「やだ……っ、も……っ、やめ……そこ……っ」

「感じる？」

「ヘン……なるっ……、おかしくなる……」

「ん、じゃあ、もっと感じて。おかしくなればいい」

「で、でも……淫乱って思われるから……嫌いにならないで……」

泣きそうな顔で訴えると、やさしくキスを与えられる。

「嫌うわけないだろう？　恋人の前で乱れるのは悪いことじゃない。もっと芽の可愛いところ見せてくれ。……自分で乳首弄ってごらん。もっと気持ちよくなる」

彼は空いた手で芽の手を取り、胸へといざなう。言いなりになって芽は自分で自分の乳首に触れる。硬くしこった乳首を指で摘まむ。ジン、と身体に電流が流れるような感覚に、身体は戦慄《わなな》いた。そこを見逃さないとばかりに、一虎は指で芽の中を擦り上げる。

「――――あぁっ！」

こんな快感は知らない。

この前酔ったときに一虎と触れ合ったときの何倍も何十倍もいやらしくて……そして快感が芽を包む。これがセックスだとするなら、あれはほんのお遊びだった。

淫らな言葉で煽《あお》られ、何度も行き来するように中を擦られて、そのたびに声を上げる。射精感は増すばかりなのに、イクこともできない。滴り落ちるばかりの、いやらしい液体が前を濡らすだけだ。もどかしい快感に芽はふるふると首を振った。

「うん、とろとろになっている」

一虎が満足そうな声を出す。

(一虎さんの指、気持ちいい……)

彼の指が自分の中で淫らに動いている、そう思うだけで芽は後ろをきつく締めつける。

ぐちゅぐちゅと卑猥《ひわい》な音を立てながら後ろを弄られ、たくさんの口づけを与えられ、恥ずかしくて気持ちよくてどうにかなってしまう。

「芽……入れるよ」

そう言いながら一虎はとろとろに蕩けきった場所へ滾《たぎ》ったものを埋め込んでいく。その密度と圧迫感に芽は声にならない声を上げた。

「――――ッ」

思わずシーツを指でかき集める。確かに埋め込まれたものの大きさへの違和感や圧迫感はあるものの、それよりも彼と繋《つな》がっていることのほうがうれしい。

短く息を吐きながら震える手を一虎へ伸ばした。

「芽……平気か」

浅い息を吐く芽の手を取り、頰に一虎は何度もキスをする。そのキスがやさしくて胸が甘く締めつけられた。

「はい、……平気、です」

「それならよかった。……芽」

甘く目を細める一虎はとても色っぽい顔をしていた。こんな顔もするのか、と芽が思っていると、はあ、と大きく息を吐いた一虎にきつく抱きしめられた。抱きしめられたまま動かずにいて、芽もそのまま彼にしがみつく。

「好きだ、芽」

甘い囁きに芽は頷く。

「好きです。一虎さん、大好き」

一虎は芽に深く口づけた。

舌が絡み、ねっとりと蠢く。ひとつになっただけでなく身体の奥の奥まで暴かれて、彼の愛撫で悦楽というものを知る。

そう思っているとぎゅっと抱きしめられた。

「一虎さんと繋がってると思うとうれしい」

思わずそう口にすると一虎の喉《のど》がごくりと鳴り——そして芽の中の彼のものの体積が、ずくりと増す。過ぎる圧迫感に「あっ」と声を上げた。

「や……おっきくしないで……」

芽が懇願するように見つめると、彼はひどく獰猛《どうもう》な視線を返す。その野性的な顔は今まで芽が見たことのない顔だ。

「まったく……天然で煽ってくるほどたちの悪いものはないな」

言うなり、さらに荒々しく唇を貪《むさぼ》られ、食べられているみたいだと思う。激しい口づけの合間にも彼の手で愛撫されて、どうにかなってしまいそうだった。

動くぞ、と低く囁かれて、ゆさゆさと揺さぶられる。ゆるゆると穿《うが》たれているうちに徐々に芽の上げる声が甘く艶めきはじめた。

この身体を全部一虎で埋め尽くされたい、と芽は心の中で願った。その願いが通じたの

か、一虎は芽の名前を呼びながら腰を打ちつける。乱暴なまでに穿たれる楔《くさび》に、頭の芯がじんじんと痺れてくる。熱が凝《こご》り、甘く嬌声《きょうせい》が漏れるのを止められなかった。

「あっ……ぁ……あぁっ……っ」

奥を擦られ、穿たれるたびに身も世もなく喘いでしまう。腰を打ちつける音や、中を擦られるたびに立つ、ぐちゅぐちゅという生々しい音が部屋に響き、それがさらに興奮を高めた。

「あっ……や、ぁっ、お尻、溶ける……っ」

前からこぼれている先走りが後ろの孔まで伝って、その恥ずかしい感触と彼が芽の中をかき回す音がよけいに身体を溶かす。

奥を擦られ、深く抉《えぐ》られ、あられもない声を上げ続けた。

乳首を吸われ、彼の腹でペニスを擦られ、快感の海に放り込まれている。

「は……あっ、あ、…っ、……んっ、ん……」

もう痛いのか快感なのか、そんなことを感じる余裕もなくなって、ただもっと奥を擦って欲しくて腰を丸く揺らめかせる。

深く深く繋がっていたい。もっと奥で――。

「う、うっ……っ、ぁっ、……んっ」

泣くような喘ぎを漏らし芽は一虎にしがみついた。知らず足を一虎の腰に絡め、浅ましく彼を求める。

「芽……ずっとずっとおれの側にいてくれ」

熱くて、気持ちが良くて、溶けてなくなってしまいそうだ。

奥を穿たれて、啜り泣くように声を上げ、芽は一虎の背に爪《つめ》を立てる。

「んっ、あっ、あ、んっ、あぁぁっ」

ギリギリまで引き抜かれ、次の瞬間には最奥まで突き上げられる。激しく突き上げ揺さぶられて高みへと登り詰める。

「あっ……かず……とらさ、んっ……ぁぁっ」

最奥に一虎の体液が注ぎ込まれた。熱い液体で奥を濡らされて芽も自らの精を吐き出す。

一虎の迸《ほとばし》りを受け止める瞬間、芽、と名を呼ぶ微かな声が耳元を掠《かす》めていった。

「豆柴ちゃん、ワインリストお願い」

飲んだくれの美女、藤尾が芽を呼ぶ。

「はい、ただいま」

くるくると店内を動いている芽は返事をしながら、「芽、シュークルート、カウンター席」と一虎の指示でできあがった皿を客席に運ぶ。それからワインリストを「お待たせしました」と藤尾に手渡した。

「あら、豆柴ちゃん、今日のシャツどうしたの？　随分大きいけれど、もしかして虎ちゃんの？」

じろじろと藤尾に見られ、さらに図星を指され、芽は狼狽える。

藤尾の言うとおり、今日のシャツは一虎のものだ。というのも、昨日は洗濯機を回すことができず、おまけに今朝《けさ》は寝坊して、さらに洗い替え用のシャツはボタンが取れていたり、運が悪いことにクリーニングに出していたり……。

洗濯機を回せなかったのも、寝坊したのも、朝までずっと一虎の腕の中で寝ていて、うっかり忘れてしまったせいなのだが、それは藤尾に話せない。

「えっ⁉　あっ、あの……」

真っ赤になってあわあわと狼狽えてしまう。言い訳しようとすれば墓穴を掘ってしまいそうで、どう答えていいのかと思い倦《あぐ》ねていると、藤尾が呆れたようにこう言った。

「ちょっと、虎ちゃん。お給金が安いんだから、豆柴ちゃんに新しいシャツくらい買ってあげなさいよ。この大きなシャツ、彼シャツみたいで着ている豆柴ちゃんは可愛いけど、あんたのお古じゃ可哀想でしょ」

彼シャツ、という単語に一瞬きょとんとしたが、ちょっとしたパニックに陥っている芽は深く考えることはなかった。

それよりも、変な言い訳をしなくてよかったと、芽が胸を撫で下ろしていると、厨房から一虎が返事をした。

「はいはい。わかってますよ。——じゃあ芽、明日の休み、買い物に行くか」

「え？　あっ、あ、はい！」

厨房を見ると、一虎がウインクをよこす。ひどくさまになっているその仕草に、ああ、なんてかっこいいんだろう、と芽はうっとりする。

まだ信じられない。

こんなすてきな人が自分の恋人なんて。

しかも毎日、とろとろになるまで甘やかされているなんて、半年前の自分が知ったら驚くだろう。なにしろ一虎ときたら二人きりになった途端、惜しげもなく「可愛い」と芽に向かってしきりに口にするので、本当に自分が可愛いのでは、と勘違いしてしまうくらいなのだから。一虎みたいなイケメンに耳元で囁かれたら、誰でもメロメロになってしまう。

「豆柴ちゃん、いい？　虎ちゃんに、たっくさんおねだりすんのよ。朝から晩までこき使われてんだから、そのくらいのわがまま許されるわよ」

藤尾に言われて芽は複雑に笑った。

落ち着いたところで、そういえば、とはたと思い返す。彼シャツ、と藤尾は言っていたけれど、もしかして藤尾は自分たちの関係を察しているのだろうか。

けれど、彼女はそれ以上なにも言わなかったので、芽は思い過ごしだと思うことにした。

「豆柴くーん、オニオングラタンスープ二つ追加してくれる？」

宇崎と連れだってやってきている稲森が声をかける。

今日もＨＡＮＡは賑やかだ。

一虎はひとまず花岡からこの店舗を借り受けるということにした。そしてこれまで彼らはオーナーと雇われシェフだったのだが、今は一虎がオーナーシェフとなった。ただし、店名はそのままで。それが一虎がここを借りる条件だった。

これからは花岡への家賃だとかそういう負担がかかってくる。とはいえ基本的には今までと変わらない。

この街が変わらないように、この店もずっとこのままここにあって、いつでもおいしい料理でお客様を出迎える。

あつあつオニオングラタンスープに、ボリューミーで蕩けるような牛肉の赤ワイン煮込み、心まで温かくなるようなブイヤベース。どの料理も食べると幸せな気持ちになる。

「芽」

厨房の一虎が芽を呼ぶ。

「はい！」

料理が上がったのかと急いで厨房へ向かう。

すると、冷蔵庫から小さなしゃれた箱を取り出して、その中からひとつ焦げ茶色の塊を摘まんだ。

「口開けて」

唐突に言われて、目をぱちくりさせながら、言われるままに口を開ける。

そこに焦げ茶色の塊が放り込まれた。

「!?」

——ボンボンショコラ。

驚いて一虎の顔を見ると、にやりと笑う。

「芽の誕生日だろ。おめでとう」

言われて、ようやく今日が自分の誕生日だということを思い出した。

「明日はデートだな。芽の行きたいところに連れていってやるから」

甘い声でそっと囁かれる。

噛んだショコラのガナッシュで口の中には甘い味が広がっていく。甘い、甘い、蕩けるようなミルクチョコレートの味。まるで一虎がくれるキスのような。

彼の甘い声と甘い味に酔いそうになってしまう。

「その前に、あとでゆっくり――」

可愛がってあげる、と耳元にそっと囁かれて芽は頬を染める。

その赤くなった頬に、一虎は客席から見えないように、小さく掠めるようなキスをした。

あとがき

こんにちは、淡路水です。このたびは「ひとつ屋根の下、きみと幸せビストロごはん」をお手に取ってくださいましてありがとうございました。

ご存じの方もいらっしゃると思いますが、私はとても食いしん坊なので、今回のこのお話も担当さんとの打ち合わせの際「賄い飯とかグルメとかどうでしょう」とご提案いただいて、一も二もなくのっかりました。

舞台を木挽町にしたのは、銀座から日本橋、そして築地、新富町……あの界隈が私にとってとてもなじみ深く大好きな街だったからです。今は違いますが、あのあたりに長く勤めていたことがあり、今でもよく立ち寄っている場所です。

裏通りに入ると、本当にランチがおいしく、お手頃価格のお店も多くて、毎日お昼を楽しみに通勤していたといっても過言ではありませんでした。今回の舞台のビストロＨＡＮＡのモデルは特にありませんが、あの界隈のおいしいお店をぎゅっとまとめて、自分が毎日通いたいお店として書きました。

一虎みたいなイケメンシェフがいたら絶対毎日通い詰めますね……！

そんなイケメンシェフ一虎と子犬系男子の芽を白崎小夜先生のイラストで拝見できて、ものすごくうれしいです！　キャララフから、思いっきりテンション上がって、カバーラフをいただいたときには思わず職場で叫びそうになってしまいました。一虎がイケメンすぎて、ずっと眺めていたいくらいで。そして、キャラが今回とても多かったので、ご迷惑をおかけしたことと思います。どのキャラも思い描いていたとおりでしたが、ことに私のお気に入りキャラだった藤尾さんが思っていたままだったので、感激でした。

白崎先生、本当にありがとうございました！

当社比で甘いのマシマシになったような気がしますが、最後まで読んでいただけましたらうれしいです。ご感想もお待ちしております。

ラルーナさんでは五冊目の本、今回も担当さんはじめ皆様に支えていただきました。いつもありがとうございます。また次の本でお目にかかれましたら幸いです。

淡路　水

本作品は書き下ろしです。

ラルーナ文庫

この本を読んでのご意見・ご感想・ファンレターなどお待ちしております。〒111−0036 東京都台東区松が谷1−4−6−303 株式会社シーラボ「ラルーナ文庫編集部」気付でお送りください。

ひとつ屋根《やね》の下《した》、
きみと幸《しあわ》せビストロごはん

2020年6月7日　第1刷発行

著　　者｜淡路《あわじ》 水《すい》
装丁・DTP｜萩原 七唱
発 行 人｜曺 仁警
発 行 所｜株式会社 シーラボ
〒111-0036　東京都台東区松が谷 1-4-6-303
電話　03-5830-3474／FAX　03-5830-3574
http://lalunabunko.com
発 売 元｜株式会社 三交社（共同出版社・流通責任出版社）
〒110-0016　東京都台東区台東 4-20-9　大仙柴田ビル 2 階
電話　03-5826-4424／FAX　03-5826-4425
印刷・製本｜中央精版印刷株式会社

ISBN978-4-8155-3238-3